食堂つばめ❺

食べ放題の街

矢崎存美

ハルキ文庫

角川春樹事務所

食堂つばめ5

食べ放題の街

1

ノックの音がする。

沙耶《さや》は、ぼんやりとその音を聞いていた。

隣の部屋かな、と思ったが、どうも自分の部屋らしい。音は次第に大きくなっていく。

いや、違う。あたしは眠っているんだ。だから、音が遠くに聞こえた。今大きく聞こえるのは、だんだん目覚めてきたからだ。

振動が伝わってくるくらい、ドアを叩《たた》く音は大きくなっていた。

沙耶はこたつから起き上がって、玄関のドアまで這《は》いずった。まだ眠い。どうしよう。居留守を使うべきか。ここに訪ねてくる人なんて、ほとんどいないはずなのに。荷物だって来ないはず。

「沙耶さーん」

声が聞こえた。「石井さん」ではなく「沙耶さん」。下の名前をこんなふうに呼ぶ人なんて、もっと知らない！

いったい何が起こってるの？

ここは居留守を使った方がいいような気がする。夕方だが、幸い灯《あか》りもつけていないし。息を潜《ひそ》めていれば、わからないかも。

「沙耶さーん？」

若い女性の声で何回か呼ばれたのち、ドアの向こうは静かになった。

ほっとしてからも五分くらい、沙耶は動けなかった。完全に人の気配がなくなった、と安心して振り向くと、

「……っ⁉」

声も出ないくらい驚いた。こたつの向こう側に、女性が座っている。美人だ。歳《とし》は二十代半ば――自分と同じくらいだろうか。髪をきりっと後ろでまとめて、割烹着《かっぽうぎ》みたいにだぼっとしたトップスを着ている。

「沙耶さん、お邪魔しています」

となんの悪気もない口調でその人は言った。それは紛れもなくさっきまでドアの向こうで聞こえていた声だった。

「だっ、誰⁉」

「ノエです」

ノエ？　そんな名字？　名前？　どっちにしても聞いたことない……。

彼女はちょっと首を傾《かし》げ、

「憶《おぼ》えてませんか？」

「何を？」

「わたしのことを」

「知らない！」

即座に叫んでしまう。

「っていうか、どうして中に入ってるの？　鍵かかってたでしょう？」

「あら、そうですか？」

何そのとぼけた態度は。文句を言おうとしても、口がパクパクするばかりで、声が出ない。

「すっかり忘れてしまったんですか？」

彼女は、ちょっと困ったような顔になる。

「忘れているも何も、あなたのことは知らないんですけど」

「そうなるんじゃないかと思って、わたしはここに来たんです」

何その芝居がかったセリフは。

「やっぱり忘れてしまいましたね？」

ますます何を言っているのかわからない。「やっぱり」って何？

「教えてさしあげます」

真剣な顔で、もぞもぞと何かをポケットから出すような仕草をする。

「いや、けっこうです！」

関わらない方がいい気がする。勝手に家にズカズカとあがるような人だし。どうしよう、どうしたら出ていってくれるかな？

するとまたドアがノックされた。はっと口をつぐむ。

控えめな音が二度三度と続き、やがて静かになる。

「沙耶さん――」

しっ！　と沙耶は、彼女に黙るよう指示する。

少しのち、またノックが響く。今度は何度も何度も。叩く音もどんどん大きくなっていく。

「お姉ちゃん！」

沙耶は身を固くする。嘘《うそ》。この声は、まさか……。

「お姉ちゃん、いるんでしょ！　開けてよ！」

どうしてここが⁉　そんな！

沙耶の身体《からだ》は震えだした。どうしよう、このまま放っておけば帰ってくれる？　それとも、出た方がいい？

ドアノブがガチャガチャと回される。鍵がかかっているので、もちろん開かない。それに、ちゃんとチェーンもかかっているから――。

沙耶は、振り向いてこたつの向こうにいる女性を見た。彼女はにこっと笑う。

どうして鍵がかかっていたのに、この人は入ってきたの？　もしかして、ここにいる誰よりもヤバいのでは……！

「お姉ちゃん！　出てくるまで帰らないからね！　ずっと待ってるからね！」

わめき声が聞こえてくる。どちらを選んだ方がいい？　得体のしれないこの女性と、わかりすぎているくらいわかっている外の者と。

沙耶は迷ったあげく、立ち上がり、玄関の鍵をはずした。

「やっぱりいたんだね！」

妹の舞《まい》が、ぐいっと大きくドアを開け、狭い玄関に入ってくる。

「ま、舞……」

うまく声が出ない。高校生なのに、妹は自分よりもずっと背が高く、威圧感がある。メイクで大きく見せた目で、ギッとにらまれる。

「こんなところで何してるの？　早く家に帰ってきてよ！」

「どうしてここが……」

「美苗《みなえ》さんが教えてくれたんだよ」

舞の言葉に、沙耶は足元がふらつく。床に座り込みそうになるのを、必死にこらえる。

美苗は沙耶の親友で、このアパートを世話してくれた。この二ヶ月、舞や両親に内緒で、協力してくれていたのだ。たった一人の信頼できる友だちだと思っていたのに……。

「美苗さんも帰った方がいいと思ったんだよ。だから、帰ろう」

舞が沙耶の腕をつかんでひっぱる。

美苗が……ここを教えるなんて……そんな、信じられない……でも……。

その時、耳元でこんな声が聞こえた。

「沙耶さん、それ多分違います」

いつの間にかさっきの女性が沙耶の後ろに立っていた。彼女は、本当に割烹着を身に着けていた。下は紺色のワンピースで、すんなりした裸足《はだし》の足には室内履きのようにも見えるサンダルを履いていた。

「美苗さんは教えてないと思いますよ」

「ど、どうしてそんなこと――」

言えるの、と続けようとしたが、舞にさえぎられる。

「だからぁ、お父さんもお母さんも心配してるから、帰ろう」

「心配してるの？　本当？」

「ほんとだよ。お父さんもお母さんも毎日必死に探してるよ」

そうなんだ……。あたしがいなくなって、両親は悲しいんだろうか。少しはあたしのことを思ってくれているんだろうか。

「じゃあ、どうしてここにお父さんとお母さんがいないのか、舞さんにお訊《き》きになってみたら？」

女性――ノエという名だったか――が言う。その言葉に、沙耶ははっとする。

「舞、一人？」

「そうだよ？」

ノエに視線を向けると、

「早く訊いてみてください」

どうしてこの人がこんなことを言うのか？　反発心が湧いたが、同時に胸がざわついた。

「お父さんとお母さんは？　今、どこ？」

「家にいるよ、ねえ、早く――」

「どうして一緒に来なかったの？」

ずっとまくしたてていた舞が、ふいに黙った。

「ご両親はともかく、美苗さんが教えたというのなら、美苗さんが一緒に来てもよかったですよね？」

　思いついたようにノエは続けた。

「美苗も一緒なの？」

「ううん……」

「どうして？」

　また舞は黙った。つかんでいた手を離す。

「美苗さんに電話してみたらいかがですか？　舞さんに許可を求めて」

　沙耶は、じっとノエを見た。

「何してんの、お姉ちゃん。誰かいるの？」

「どこに？」

「部屋の中に」

　沙耶はもう一度ノエを見た。あたしのすぐ後ろにいるんだから、舞にも見えるはず。なのに、どうしてこんなこと訊くの？

「……見えないの？」

　自分の問いに、舞は部屋の中をのぞきこみ、

「誰か奥にいるの？」

　と言う。

「ううん、いない――」

舞の視線は、ノエを素通りしていた。

「ほんとにいないの？」

「舞さんに、わたしは見えていないみたいですね」

舞にも聞こえていておかしくないのに、ノエの声には反応しない。

「さあ、美苗さんに連絡するって言ってごらんなさい」

「美苗に電話してもいい？」

「ダメ！」

舞が焦ったように叫ぶ。

「なんで？」

「なんでも！　美苗さん、多分今連絡つかないから！」

舞はおでこに手を当てて、そう言った。それは長年見慣れたクセだった。妹は、嘘をつく時、決まってそうする。

「帰る。また来るからね。美苗さんに電話しなくてもいいから。わかった？」

そう言いながら、沙耶の返事を待つことなく、舞はだだだっと派手な音をたてて階段を降り、あっという間に姿を消した。

沙耶はへなへなと玄関に座り込んだ。

「大丈夫ですか？」

ノエが声をかけてくれる。

「うん、まあ――」

大丈夫、と続けようとして、声が出ない。すごく緊張していたようで、力が抜けた。

とにかく玄関の鍵を閉めて、再びチェーンもかけた。また這ってこたつのところへ戻る。

スマホを握りしめた。手がぶるぶる震えている。

「美苗……美苗に……」

連絡しなきゃ。

でも、もし――万が一にも美苗が舞にここを教えていたら――もしかしたら、あとから両親が来るかもしれない。ここが見つかってしまう。

怖くて連絡できない。頼れる人がいない。

やっと逃げてきたのに！

「沙耶さん、落ち着いて」

ノエが言う。

「落ち着けないよ、だって――」

と話しそうになって、口をつぐむ。見ず知らずの、しかもとにかく怪しい人に話す必要などあるのか。

「美苗さんがここを知らせたわけではないと思いますよ。妹さんは多分、嘘を言っています」

その言葉に気づいて、驚く。

「どうしてあの子を妹だって思うの⁉」

「『お姉ちゃん』と言ってましたし」

そうだけど！

「確か、妹さんの名前は舞さんでしたよね？　聞いてますよ」

「……それはもしかして、あたしから？」

「はい」

いったいどういうこと？　沙耶は混乱しすぎて、卒倒しそうだった。どうしてこんなことまでこの人は知ってるの？　さっき舞がこの人を見えていないようだったのはどうして？　鍵がかかっていたのに入ってきたのは？

考えすぎて、これは何もかも夢で、舞が来たのも、あるいは自分が逃げたのも嘘なんじゃないか、と思えてきた。

最初からあたしのような人間はいなかった、とか。だったらよかったのに――。

「ところで、お身体の具合はいかがですか？」

「え？」

突然話が変わる。

「ここ数日、具合が悪かったんじゃないですか?」

「あ……」

そういえばそうだった。風邪《かぜ》か、インフルエンザかと思っていたのだが——今は不思議と気分がいい。

「なんともない、けど……」

「そうですか。それはよかったです。念のために病院に行かれますか?」

沙耶は首をぶんぶん振る。

「わかりました。しつこいようですけど、もう一度お訊きします。わたしのことを憶えていますか?」

さっきはよく考えなかったのだが、今回はよく思い出してみる。落ち着いて考えれば出てくるかもしれない。

でも結局、こう言うしかなかった。

「わかりません」

「では、これをお読みください」

彼女は一冊のノートを割烹着のポケットから取り出した。なんの変哲もない真新しい大学ノートだ。それをこたつの上に広げる。

「あたしの字だ……」

ノートにはびっしりと沙耶の字が埋まっていた。

ノート　1

ああ、なんだか気分がいい。

私はそう言おうして、自分の口が「むにゃむにゃ」と言うのを聞いた。

本当にそう言う人っているんだ。自分だけど。

そう思って、つい笑ってしまう。

「ふふっ」

その時、目が開いた。自分の笑い声で目が覚めたのだ。

私は、こたつで寝ていた。小さなワンルーム――のはずなのだが、見えた天井は和風だった。

違和感はあったが、それでもとても心地がよかった。足元は暖かく、眠気もまだ少し残っている。多分このまま、また眠ってしまっても大丈夫――というか、眠りたかった。

でも、私の部屋の天井は、こんな木でできていなかったはずだ。

そう思ったら、身体が自然に起き上がった。見回すと、純和風の部屋にいた。自分はこんな部屋には住んでいない。広さは似ているが、白い壁のワンルームだ。こたつはあるけれども、こんなふかふかの上掛けではない。省スペースのぺらぺらのやつだ。

どこだ、ここは。

と思いながらも、あまり不安ではなかった。それが不思議で、立ち上がり、窓の外を見る。

時刻は夕暮れ？　いや、ちょっと違う気もする。ずいぶん高いところにあるアパートのようで、街並みが見渡せた。

見憶えがあるようなないような……というのもおかしい。こんなところ、知らない。

私は、自分を見下ろした。フリースのタートルネックに、ジーンズ。半纏《はんてん》を羽織っていた。今は冬なのだろうか。冬か。こたつがあるんだから。

でも、あんまり寒くないな。

ほんとにどこなの、ここ？

とりあえず、外に出ようか。人の家かもしれないし。でも、こんなふうにくつろがせてくれる友だちはいないはずなのだが。

外の金属の階段を降りる時、カンカンとあたりに音が響く。玄関にあった履きものが健康サンダルしかなかったから。

外に出ると寒いかな、と思ったが、半纏でちょうどいい気温のようだった。歩きながら、ジーンズのポケットをさぐる。スマホとかあるかと思ったが、何もなかった。

普通に考えれば、さっきの部屋に置いてあるということなのだろうが、引き返すのがなんとなくめんどくさい。なので、そのまま歩き出した。

買い物にでも出かけたような気分で適当に歩く。そういえば財布もない。けど、何か買う必要もないし、お腹《なか》もすいていないから、まあいいだろう。

住宅の密集地を出ると、ほどよい大通りに出た。車は走っていない。商店、オフィスビルなどが並び、そのうち大きめな公園の入口も見えた。

分かれ道に出るたびに、どっちに行こうか迷うが、引き返して違う道を歩いたとしても見憶えはなかった。

それにしても、誰もいないし車もない。ある意味気持ちよかったが、いいのかなとも思う。こんなに誰にも会わないというのは、異様だ。

その時、カシャン、という金属が触れ合うような音が聞こえた。

え、何?

立ち止まって振り返る。しかし、背後にはなんの気配も人影もない。軽いような重いような、そして少し音楽みたいに美しい音にも聞こえたが、そんな音を立てるものは見当たらない。空耳か。

私は、再び歩き出す。さっきの音は、ずっと耳に残っていた。

そのうちに、駅が見えてきた。

小さな駅で、自動改札が開きっぱなしだ。改札脇の小窓には、思ったとおり人の気配はない。

やはりこの街、おかしい。駅舎なのに駅名もないし。それとも、わかりにくいところに書いてあるだけなんだろうか。

しばらくそんなことを考えながら、駅の前でウロウロしていたら、なんと電車がやってきた！　ホームにも駅にも誰もいないのに！

呆然《ぼうぜん》と電車を見ていると、ホームに一人の男性が降り立った。見た目三十歳前後で、スーツ姿。まんま会社帰り、といういでたちだ。

「わっ！」

改札から出てきたその男性が、驚いたような声をあげた。自分も何か言うべきか、と考えたが、何も思い浮かばない。初めて会った人にしては、あまりにも普通だった。

「あの……こんにちは」

しかも、急に挨拶された。なんだこれ。

「えーと、僕は柳井《やない》秀晴《ひではる》といいます」

名前を名乗られた。

「あなたのお名前は?」

答えるべきなの? それとも無視してゆっくり遠ざかる? それとも全速力で逃げる?

けどこの人以外に人を見かけないし……訊きたいことはいろいろあるし。

「あの、ここはどこなんですか?」

卑怯《ひきょう》だと思いつつ、名乗らず、いきなり質問を返した。

「ここは——セイトシノアイダにある〝街〟です」

セイトシノアイダ。一発で「生と死の間」と変換される。

生と死の間にある街。

え、それって……マジ?


彼の話を総合すると、私はもうすでに死んでいるらしい。マンガ? マンガかっ⁉

でも本当らしい。厳密に言えば「生きていない」とのことだが。

「死んでるの? 死んでないの?」

「いやまあ、生きても死んでもいないってとこですか」

とにかく私は、どっちつかずなわけか。

「で、ここはそういう人が迷い込む〝街〟なんですか?」

「そうです。臨死体験のできる街ですかね……」

なるほど。そう言われるとしっくりくるような……。いや、そんなわけない。

「あなたもあたしと同じような人？」

「いいえ、俺は生きてます」

「えっ!?」

ますますわからない……。

「生きてる人も来れるの？」

「俺は特殊例らしいですけど」

なんだか確信なさそうだ。

「そういうのちゃんと説明できる人はいないんですか？」

「他にも人はいますけど、みんな似たりよったりだと思いますよ」

「とりあえず、その人たちに会わせてください」


そう言って連れてこられたのが、「食堂つばめ」だった。

私が本当に住んでいるアパートの近くにあるうどん屋さんとそっくりだった。小さいけれど、ちょっとかわいらしく、うどん屋というより洋食屋のような外観だ。いつも独創的でおいしそうなメニューが黒板に書かれていて、いつか行ってみたいと思っていた。結局行けないままだったが、こんなところで似たような店に遭遇するとは。

「ノエさーん、お客さんですー」

秀晴さんが入るなりそう声をかける。奥からひょこっと女性が顔を出し、きれいなお辞儀をした。

「いらっしゃいませ」

長い黒髪を後ろできっちりとひっつめていたが、清楚《せいそ》で美しい顔立ちをしていた。膝下のスカートの上に羽織った割烹着が似合っている。

「駅で会ったんだ」

「そうですか。どうぞお座りください」

言われるまま席に着く。店内を見回すと、他に客はいなかった。

「何を召し上がりますか？」

そう言いながら、女性は湯のみを置いた。

「ここはうどん屋さんですか？」

「——うどん屋さんに似ていますか？」

質問返しを自分もされてしまった。

「うちの近所にこんな感じのお店があるんですけど……」

「ああ、それでこういうお店になったんですか。お好きなお店なんですね？」

私は首を傾げる。

「この街は、思い描いたものが具現化されるんですよ」

いつの間にか向かい側に座っていた秀晴さんが解説する。というか、店員じゃないんか。

「現実にはないことになっている街ですから」

にこやかに女性が言う。

「あ、この人はノエさん。この食堂つばめの店主で、料理人の人」

「はじめまして、ノエです。あなたのお名前は？」

そういえば、結局名乗ってなかった。

「石井沙耶です」

「どんな字をお書きになるんですか？」

沙耶はテーブルに指で書く。

「ああ、わかりました。いいお名前ですね」

いい名前？　自分の名前に意味があるなんて、今まで生きてきて一度も考えたことがなかった。学校の宿題にありそうなことだけど、そんなこと、やったかな？

ノエさんは私の微妙な顔を見て察したのか、話題を変えた。

「何か召し上がりませんか？」

そんなにお腹はすいていなかったが、何か食べたい気分ではあった。ここのうどんはあそこのよりもおいしいだろうか。って、食べたことないけど。

「メニューは？」

「メニューはないんです。あなたが召し上がりたいものをなんでもお作りしますよ」

「うどんを頼んでもいいんですか？」

「もちろん」

「じゃあ――」

といろいろ考える。

実は、私は少食なのだ。ストレスがお腹に来るタイプらしく、やせっぽちで胃腸が弱い。その中でも、うどんは割とちゃんと食べられる方だ。定食などだと、ごはんを減らしてもらっても残してしまうことが多い。

でも、うどんに関しては一つあこがれがある。

カレーうどんが好きなのだが、実はうどんを食べ終わったあとのおつゆにごはんを入れて食べる、ということをしてみたいのだ。はしたないことなのかもしれないけど。

しかも、近所のうどん屋さんのイチオシがカレーうどんで、貼ってある写真を見てもおいしそうだった。もちろん、ごはんを入れて食べることもオススメされていた。

しかし少食な自分は、うどんを食べたらそれでお腹いっぱいになる。おつゆも全部飲めないくらいなのだ。だから、今回もあきらめて、

「カレーうどんをください」

と単品を頼む。

「わかりました。辛口甘口、お好みはありますか？」

「えーと、中辛で」

辛い方が好きなのだが、胃腸が弱いので、あまり食べられない。これくらいが精一杯だ。

「はい。他にご注文はありますか？」

「それだけでいいです」

「ほんとに？」

秀晴さんが口をはさむ。

「ご遠慮は無用ですよ」

ノエさんもにっこり笑って言う。

「いいんです。いつもうどん一杯でお腹いっぱいになっちゃうんで。少食なんです」

「ここは好きなものを好きなだけ食べられますよ」

「財布もないんで――」

お金があったとしても、貧乏性だし。

「お代はいただきませんよ」

ノエさんが落ち着いた声で言ってくれるが、

「そういうんじゃなくて……本当に食べられないんです」

ちょっと悲しくなってきた。たくさん食べたいわけじゃないけど、言い訳するのがいやだった。

「大丈夫。ここはいくらでも食べられるから」

秀晴さんに続いて、ノエさんが説明してくれた。

「少食の人でも病気で食べられない人でも、大食漢でも、食べたいだけ食べられるんですよ。いつも『もっと食べたい』って思っているものはないですか？」

「それって……ここが現実にはないことになっている街だから？」

「そうですね。ご自由になさっていいんですよ」

「じゃあ、カレーうどんの残りおつゆにごはんを入れて食べられるの？」

「もちろんです。おいしいですよね。わたしも大好きです」

ノエさんが目を輝かす。そんなお行儀悪いものを食べる人には見えないのに。

「じゃあ、ごはんをつけてください」

「他には？」

「あ、えーと……カレーの辛さを、激辛までいかない辛口にしていただけますか？」

「はい、かしこまりました」

「それでいいです」

「少々お待ちください」

ノエさんが奥にひっこむと、次第にスパイスの香りがただよってきた。おうちのカレーというよりも、インド風？　だろうか。いろいろ混ざって複雑な感じだが、落ち着く香りだ。

秀晴さんは向かいに座ったままだが、彼もその香りを嗅いで何やら期待しているような顔だ。特に話しかけてこなかったが、あまり気まずい空気にはならない。珍しい。私は話下手《べた》なので、知らない人と二人きりというのは、苦手なのだ。

ノエさんはなかなか出てこなかったので、私は店内を観察する。

つや消しの黒壁と黒い木のテーブルセット、和風の小物（熊手とか）は、そば屋を彷彿《ほうふつ》させる。湯のみに注《つ》がれているのは、そば茶のようだし。

表側はちょっとかわいらしい感じなのに、この内装は意外だった。黒い壁となんて名前かわからない赤い花のコントラストが鮮やかで、ちょっとかっこいい。

とそこで、私はいったいここで何をしているんだろう、と思い至る。「生と死の間の街」で、うどん屋に入ってカレーうどんを食べようとしている。臨死体験としても夢だとしても、変だ。変すぎる。

きっと美苗に笑われる。話せれば、だけど。

でも、そんなことをつらつら考えているうちに、昔、美苗と、

「今死んだら、思い残したことって何？」

という話をしたことを思い出した。その時、私は迷いなく、

「カレーうどんの残りのおつゆに、ごはんを入れて食べたかった」

と答えた。美苗には、

「そんなこと言わないでよー」

と大笑いをされたっけ。もう笑われていた。

私って、本気であれを言っていたんだな、とぼんやり思う。忘れていなかった。こんなふうになることを、知っててもいたように。

「はい、おまちどおさま」

にこやかな声に、夢想から覚める。

ノエさんがお盆を持って奥から出てきた。上には、カレーうどんのどんぶりと、ごはん茶碗《ちゃわん》が載っている。お漬物の小皿も。

「どうぞお召し上がりください」

丁寧に言われて、恐縮してしまう。

「いただきます……」

とぼそぼそつぶやいて、箸を取る。スパイシーな香りに、食欲が刺激される。麺《めん》は太めで、コシがある。といっても、固いわけではない。ほどよく食べやすい。

とろみはサラサラでもなく、かといってぼってりもしていない。白い麺にルーがちょう

どよくからむ。ほわっと熱い湯気が鼻に当たった。口に入れると、やはりとても熱い。でも、やけどするほどではない。するっと入っていって、こくんと飲み込めてしまう。

スパイスの辛さと肉や野菜の甘みが口いっぱいに広がる。和風だしの香りもする。いろんな味が同時に喉に通っていって、次々と食べたくなってくる。

「おいしい……」

「よかった！」

じっと見ていたのか、ノエさんがうれしそうに言った。

炒《いた》めた牛肉の薄切りは柔らかく、玉ねぎのスライスにはまだシャキシャキ感が残っていた。他の具はない。上にちょっとだけ絹さやの千切りが載っていた。

カレーうどんをはふはふしながら食べていると、いつも汗だくになる。でも、これはいつもよりも辛くてずっと熱いのに、汗をかかなかった。どうしてなんだろう。でも、ハンカチでおでこを拭いたり、鼻をかんだりしなくていいから、まあいいか、と思う。

麺を食べきったあとに、ごはんを入れてかき混ぜる。そうそう、これをやってみたかった！　カレーうどんのおつゆって残すのがことさら申し訳ないのだ。ただ飲むだけでなく、こうやってごはんを入れれば、きれいにおいしく完食できる。

ごはんは少し固めに炊いてあるようで、おつゆに入れるとほろっと崩れる。時間がたつと米の粘りが出るから、ついつい急いで食べてしまう。

「チーズをトッピングしてみません？」

半分くらい食べた時に、向かい側の秀晴さんが声をかけてきた。いつの間にか同じカレーうどんを食べていて、おつゆにごはんを入れていた。

「チーズですか？」

そんなこと、想像もしていなかった。ごはん入れるのだって、初めてなのに。

「おいしいですよ」

「やってみます」

おいしいというのなら。

ほどよく混ざったつゆとごはんの上に、削ったチーズをたっぷりと載せる。チーズはすぐに溶けて、スプーンですくうとトローッと伸びた。強烈だった辛みが、まろやかになる。

ごはんともカレーとも合う。

「違うチーズでも試したいですよね」

秀晴さんはとてもうれしそうに食べている。

「今日のはなんなんですか？」

「これは多分パルメザン。モッツァレラもいいですよね。うまそう……」

想像して、さらにおいしさを上乗せしているように見えた。なんだか幸せそうな人だ。

でも、こうやってごはんを食べることってなかったかもしれない。人としゃべりながら食べるって、それ自体がおいしいんだ。口下手な私には、無縁のことだったけれど。

そんなふうにしゃべっていた割には思ったよりも早く食べ終え、まったく手をつけていなかったそば茶を飲む。香ばしくておいしい。冷めてない。いれ直してくれたのかな。気がつかなかった。

「お腹いっぱいになりましたか？」

秀晴さんにたずねられて、お腹に手をあてがうが、

「あれ？」

胃のあたりをさすって、気がついた。苦しくない。まだ食べられそう。

「もっと召し上がりますか？」

ノエさんが訊いてくれたが、首を振った。念願のごはんも食べられたし、お腹がいっぱいでなくても充分満足していた。

「もうけっこうです。お腹には余裕ありますけど」

「そういうことですよ。満腹にならないんです」

秀晴さんはドヤ顔だ。

「少食だったんだとしたら、もっと食べたかったものもたくさんあるんじゃないですか？」

「もう、そんなの秀晴さんだけよ」

ノエさんがたしなめる。彼、食いしんぼなのか。

「いえ……そんなにないです」

私はそんなに食いしんぼじゃなかったし、食べなくてすむならそれでもいい、と思うくらいだった。作るのは慣れているけど。

「食後のデザートやお茶はいかがですか？」

ノエさんがすすめてくれる。

「じゃあ、コーヒーをください」

一杯分のドリップコーヒーをゆっくりいれて飲むのが好きだ。やり始めたのは最近。一人暮らしのアパートに越してから。ほんの少しの贅沢《ぜいたく》だ。

ノエさんがいれてくれたコーヒーは、それよりずっとおいしかった。自分にコーヒーの味などわかるはずもないが、それでもそう感じた。

半分ほど飲んだ時、さて、これからどうしよう、と考える。

「あの」

私の呼びかけに、二人が同時に振り向く。なんだか顔がよく似ている気がして、おかしかった。

「さっきあたしは死んでいるって言われたんですけど、こんなふうにものが食べられるのに死んでるって信じられないです」

だまされている気がする。壮大なドッキリなのかも。

何かの都合で知らない街に連れてこられて、ここで暮らさなくてはならなくなったのかも。それならそれでもいい。だったらここがどんなところなのか、知らなくては。

「ここのことをよくわかっている人って、えーと――ノエさん？」

「はい」

「ノエさんが街のこと知ってる人なんですか？」

「わたし？」

「いや、みんな似たりよったりだよ。いくらか街のことをみんなより知っているのは、ノエさんだろうけど」

そういえば、確約はしていなかったな。

「みんなって他に誰かいるんですか？」

他の「みんな」の方が知っているってことはないのか。

「あと二人、りょうさんっておじさんと、キクさんって女の子がいますよ。今、外に出てます」

秀晴さんが言う。その人たちは、この食堂の店員さんなんだろうか。秀晴さんは店員っぽくないし、実質、ノエさんだけで店を回している感じがする。やっぱり一番知ってそう――と思いながらじっと見つめていると、彼女は困ったように笑い、

「正直に言いますけど、誰も正確なことは知らないのですよ」

あっさりと、だが衝撃的なことを言われた。

「この街は、おそらく死んだ人はみんな来るところなんです」

ノエさんは続ける。

「でも、とても広いんです。多分、現実の世界と同じくらい広いはずです。だから、みんな散り散りにさまよって、最終的には死の世界へと旅立っていきます。その中で、あなたは運がいいから、この店へ来られた」

「運がいいってどういうことですか？」

「生き返ることができます」

イキカエルコトガデキマス。

またすごいことを言われて、私はぽかんと口を開けた。

「――この店に来なければ、生き返ることはできないんですか？」

「そんなことはないと思います。きっと他の方法もあるでしょう。わたしたちみたいなことをしている人が、他にもいるでしょうし。一番よく知られている方法は、亡くなってすでに死の世界にいる身内の人に追い返してもらうことですね」

川向こうから「帰れ」と死んだ祖父母が言っていた、みたいな臨死体験を読んだ憶えがある。

いわゆる「三途《さんず》の川」ってやつだろうか。

「え、でもここには川はない……」

少なくともここに来るまで見かけなかった。

「ありますよ。なんでもあります。ないものもあるけれど、人間の世界にあるものはたいていなんでもあります。――というより、現れます。あなたが『あってほしい』と望むものなら」

説明されても、やっぱりよくわからない。それを読み取ったのか、ノエさんは苦笑する。

「わかりませんよね。わたしもよくわかっていないんです」

「あなた以上にわかる人はいないんですか？」

「それもわかりません。でも、あなたはこの街の何をそんなに知りたいと思うんです？」

それは……ここが自分の知っているところ――ぶっちゃけ実家からどのくらい離れているのかちゃんと把握したいからだ。生きているならば。本当に死んでいるなら、放っておけばいいのかもしれないが。

「質問を変えましょう。憶えてませんか？　ここへ来た時のこと」

「気がついたらいたように思いますけど……」

「どこにいましたか？」

「アパートの一室です。自分の部屋みたいだけど、違う部屋でした」

「そうですか。では、おうちにいる間に何かがあったんですね。この街へ来る前の記憶はありますか？」

　私が黙っていると、

「ゆっくり考えてください」

とノエさんはお茶をいれ直してくれた。今度はいい香りの紅茶だ。

　考えるともなく考えていると、だんだん浮かんできた。さっきまでいた部屋よりも殺風景な寒い部屋で、こたつに入って横たわっている自分が。

2

今まさにその状態ではないか、と沙耶は思う。横たわってはいないけど。

こたつでうとうとしていたことまでは憶えている。数日だるかったから、熱があったのかもしれない。

でも、今はなんともない。

「これは、いったい何？」

ノートの中に出てくる「ノエ」という人と同じ名前の女性にたずねる。

「あなたが書いたものです」

「書いた憶えないんですけど」

「それはそうでしょうね」

にこっと笑うその顔には、余裕が見えた。こっちはなんにも知らないから、ちょっと怖い。

こんなにたくさん、ボールペンらしきものでガシガシ書き殴って——こんなに書いたら、絶対腱鞘炎《けんしょうえん》になる。しかもこのノート、なんかおかしい。普通の大学ノートにしか見えないのに、指でページがつまめないのだ。タブレットみたいに、なぞってページをめくるというか——そのくせ、ノート自体はノエにやってもらわないと動かせない。

未知の技術なのかしら。この人、未来人？

そんなSFみたいなこと——と笑っても、壁を通り抜けてきたとしか思えないこの人の存在をどう解釈したらいいのか。幽霊？　タブレットみたいな大学ノート持ってる幽霊？

ああ、わけがわからない。

ひそかにため息をついたら、ぐうーっとお腹が鳴った。

「お腹すいた……」

気がつけば、すっかり外は暗い。カーテンを引いて、灯りをつけた。夕方のこの時間がなんともいえず淋《さび》しくて、沙耶は嫌いなのだが、ノエがいるとちょっとそれが和らぐ気がする。

幽霊なのに。いや、幽霊じゃないから和らぐ？

考えないようにするためには、料理を作るのがいいんじゃないか、と思った。久々にまともなものを作るか。ただすぐに食べられるものがいいな。

冷蔵庫をのぞいていると、後ろにノエが来た。

「何見てんですか？」

「冷蔵庫の中を見るの、好きなんです」

「どうして？」

「わたし、食いしんぼなものですから――」

ふふっと屈託なく笑った。

「あたしは食いしんぼじゃないですよ」

それは、あのノートにも書いてあった。いかにも沙耶が書きそうなことだった。

「本当はごはんだけでも、全然お腹いっぱいになるんです」

冷凍ごはんもあるし、電子レンジ用のパックごはんもある。

「あれを読んで、カレーうどんが食べたくなりませんでした？」

「特には」

「えーっ」

心底残念そうにノエが言う。

「カレーうどんが食べたいんですか？」

「そうですね、食べたいですけど、ここではわたし、食べられませんから……」

さらに残念そうだ。

「カレーうどんって自分で作る場合、残り物活用でしかないんですけど」

鍋に残ったカレーを残さずきれいに食べる方法だ。カレースープとしてポトフの素《もと》とか。

「食べたかったうどん屋さんに行きませんか？」

「ええっ、今から⁉」

さっきあんなことがあったから、外に出るのが怖い。舞が見張っているかもしれない。美苗に連絡してもいいのかな。

「それに、行ってもあなたは食べられないんでしょ？」

ここで食べられないのだったら、外に行っても同じではないか。

「そうです……」

もう泣きそうだ。そんなにくやしいかっ。

「ビーフストロガノフにするっ」

「あ、いいですね」

だから、食べられないんでしょう？

とは言わずに、沙耶は玉ねぎの皮をむき、スライスする。

ビーフストロガノフってかっこいい名前だけど、結局は牛薄切り肉炒めかけごはんだよね——と思いながら、冷凍しておいた肉を電子レンジで解凍し、玉ねぎと炒めて小麦粉入れて、ウスターソースとケチャップとブイヨンで味つけしてできあがり。適当すぎたので、あくまでもビーフストロガノフ〝風〟。

普通盛りの半分のごはんにかけて食べる。もっと野菜が欲しいところだが、これ以上は食べられない。昔から作るのも食べるのも素早くだったから、ゆっくり食べるのにまだ慣れていないし。

「おいしそうですね」

ノエがにこにこしながら言う。その顔、誰かに似てる気がしたが、美人だからタレントとかモデルかな……。

それにしても、人が食べている様子を見ているだけで、どうしてそんな幸せそうな顔できるんだろうか。

「人が料理しているのを見ているのも楽しいんですよね」

心を読んだかのように説明する。

「料理人なんですか？」

「そうです。あのノートに書いてあったとおり。食堂つばめというお店をやっています」

本当のことのように言う。

「カレーうどんが名物なんですか？」

「なんでもおいしいですよ。ここでも作れたら、沙耶さんの好きなものなんでも作りますのに」

「いいですよ、別に」

自分で作れるから。その能力が身についたのは、本当によかったと思っている。

その時、スマホが鳴った。沙耶は思わず、スプーンを取り落としてしまう。

液晶には、知らない番号が表示されていた。どうして？　舞はやってくるし、電話番号は知られるし——今の番号は、美苗しか知らないはずなのに。

「これ、書いてある数字は電話番号ですか？」

ノエがなかなか鳴りやまないスマホを指差して言う。

「そうですよ」

「その番号なら、出ても大丈夫ですよ」

何言ってんの⁉

「知らない番号になんて出ないですよ！」

「いえ、その番号なら平気だと思うんですけど——」

「どうして？」

「あの……番号教えたのも忘れましたか？」

誰に教えたの⁉

そんなこと言っているうちに、着信音は鳴りやんだ。力が抜ける。

「あたし、誰かに電話番号教えたんですか？」

「かけ直すってできるんですっけ？」

「しませんよ！」

すると、またスマホが鳴る。今度は公衆電話からだった。

「もう、やだー」

こたつに潜りたくなる。

「公衆電話……これは妹さんかも」

「じゃあ、さっきのは誰なのよ⁉」

「……ノートの続きを読むと、わかります。読んでいるうちに思い出してくれたらいいんですけど」

公衆電話からの着信音は、十回鳴ったところで切れた。

「わかった。続き読みます」

冷めてしまって食べる気も失《う》せてしまったビーフストロガノフを片づけてから（ノエがすごく残念そうな顔をしていた）、沙耶は続きを読み始めた。

ノート　２

「体調などはいかがでしたか？」

　そう言われると、確かに具合は悪かった。死んでしまうくらいの深刻な病気だったのかもしれない。あるいはインフルエンザをほったらかしにして悪化したのか。

「悪かったとは思いますけど、今とあまり変わりません」

　体調はよくなっているが、気分的にはどうなんだろう、と考える。具合の悪さは自覚していても、他はほとんど何も感じていなかったも同然だったからだ。数日なのか数週間なのか、あるいは月単位なのかわからないけれど、ぼーっとしていることが多かった。気がつくと、一日が終わっているというか、夜になっていたり朝になっていたり。時間の感覚も曜日の感覚も曖昧だった。

　その時、はっと思い当たる。

「生き返るっていうのは、今までの生活に戻るってことですか？」

「そうです」

「それはちょっといやですね」

即答してしまう。

「え、どういうことですか?」

ノエさんはなんだか悲しそうな顔になった。

「あたし、今までも生きてるか死んでるかわからない生活だったので」

彼女はちょっと驚いたような顔になった。

「それとここはどう違いますか?」

答えようとして、私は口をつぐむ。難しい質問だった。だって、ここは来たばかりだ。まだよく知らない。もしかして、今までよりもつらいところかもしれない。これからつらくなるのかも。

「それはこれから考えます」

「ずっとここにいると、生き返る前に死んでしまうかもしれませんが」

ん?　なんだか日本語変だけど?

「どういうことですか?」

「わたしたちは〝影〟と呼んでいるんですけど、黒い霧みたいなものが現れて、死の世界に連れていかれてしまうことがあるんです」

何そのファンタジーな設定。

「死の世界への門みたいなものがあって——そこから出てくるみたいなんですけど」

「俺らもよくわかってなくて、ごめんね」

秀晴さんが申し訳なさそうにつけ足す。

「幽霊みたいなものですか？」

「それもわからなくて……人みたいな形をしている場合もあるみたいですけど、だいたい黒くて実体がよく見えないみたいなんです」

ノエさんもうまく説明できないらしい。

「あ」

思わず声をあげてしまう。

「なんですか？」

「……いえ、なんでもありません」

アパートから駅までの間に聞いた音——まるで、金属の門が開くような音だった。ほんの一瞬聞いただけだから、違うかもしれない。だから、これ以上は言わないでおこう、と思った。

「ええと……死の世界に連れていかれるのは、それはそれでかまいません」

「いえ、それはわたしがかまうのです」

ノエさんがきっぱりと言う。なぜ？　この人と自分はなんの関係もないはず。

「ここに来る人は、すべて生き返ってほしいのです。ここに来たからには」

確かに「生き返れる」というのはそうそうあることじゃないだろう。統計が取れないからこそそう思う。でも、それを選ぶか選ばないかも、自分で決められるはずだ。

そう考えたのに、

「しばらくこの街にいたいです」

と言っていた。すぐには選べない。

「あたし、生き返っても今とあまり変わらないから」

生きてもいないし、死んでもいない。生きたいのか死にたいのかわからない。

同じ宙ぶらりんなら、環境が違う方がいい気がした。

「でも……」

ノエさんは何か言いたそうだったが、

「ここに長くいると、生き返れなくなりますか?」

とたずねると、

「いいえ、そんなことはないです」

と答えてくれた。私はもう一つ浮かんだ質問をしてみる。

「この街で生きている人って、柳井さんだけなんですか?」

「多分」

彼自身が答えた。

「ノエさんと、あとの人たちは？」

「わたしたちは、死の世界に住んでいて、彼は現実の世界からやってきます。ここへはみんな通ってきているんです」

「じゃあ、ここに住むのはあたしだけですか？」

「ここら辺ではね」

「じゃあ、この街でしばらく暮らします」

少なくとも、ここは安全な街だ。私がいたところよりは。現実の世界にはある実家がないから。

「じゃあ約束してください。ごはんを食べに来ること」

ノエさんが言い聞かせるように言う。迷っていると、

「三食必ず食べに来てください」

と念を押される。顔が怖い。承知しないと四六時中あとをつけられそうだ。

「わかりました」

と私は答えた。


とりあえず、店を出た。

ここへ来る前にいたアパートに戻るかどうしようか迷ったが、あそこは現実で住んでいる場所と似すぎているので、新しいところを探そう。

ここは、思い描いたものが具現化されるとか言っていたな。じゃあ、自分の住みたい家なんてものも実現するんだろうか。

いろいろ思い浮かべながら、街を歩く。

まず絶対に日当たりのいい場所だ。明るい窓辺でうとうとできたら最高。大きな窓も欲しい。見晴らしというか、景色のいいところもいいな。開けた景色だったら、もっといい。沙耶は、自分が公園の入口にいるのに気づいた。公園に面した家だと、前をさえぎるものがなくていいなあ、と昔考えたことを思い出した。

公園の中からよさげな物件を見繕《みつくろ》う。どうせなら一軒家にしようか。でも、あんまり広くない方がいい。掃除も大変だし（関係ないいんだろうけど）、適度な狭さの方が落ち着く。

やがて、満開の桜の木を見つけた。そんなに大きくはないが、なんて見事に咲いているんだろう。そよ風に揺られて、たまにぱららっと花びらが舞う。それがまた美しい。

その木の上から緑の屋根が見えた。

「ここだ！」

私は叫んだ。

桜の木の下を通って、玄関ドアに手をかけたが、思い直してノックをする。返事はなかった。おそるおそる入ってみる。

本当に小さな家だ。メゾネットタイプのアパートが独立しているみたい。一階に台所や風呂場など水回りがあり、居住スペースは二階に二部屋ほど。階段をはさんで六畳と四畳半だ。

古びてはいるが床はフローリングで、水回りもきれいだ。二階の窓からはきれいな池が見える。日当たりも眺めも最高だ。何より、屋根が緑色なのがいい。そして、花盛りの桜の木。

自分が赤毛でないのが残念だ。


二階の四畳半に、鉄枠のベッドと開閉式のライティングデスク、そして窓際にシンプルな木の椅子を置いた。なんとなくそういうのが欲しいな、と思ったら、本当に出てきて、正直ビビった。デスクは鏡台がわりにしたいな、と思っただけなのに。

日当たりのいい六畳の方は居間として使う感じだろう。ローテーブルと座り心地のいいソファーとラグ、柔らかな色のカーテン、小さな木の本棚――。

今まで想像するだけだったものがすんなり出てくる。すごい。言われたとおりだった。服も着たいものが着られる。着せ替えし放題だ。

しばらくそうやって模様替えや一人ファッションショーを楽しんでいたが、ふと違和感を感じる。

外が全然変わらない。

いや、眺めが変わらないのは当たり前だが——だいぶ時間がたったのに、一向に日が暮れないのだ。


「どうして夜にならないんですか？」

結局それを知りたいがために、またつばめに行ってしまった。罠《わな》としか思えない。

戸を開けた瞬間にそんなことを言ってしまったのだが、店内に見知らぬ女の子がいた。アイドルのようなルックスで、とてもかわいい。

「秀晴さんは？」

「いらっしゃいませ、沙耶さん。彼は帰りました」

ノエさんが奥から出てきて言う。

「あっ！」

女の子が椅子からぴょこんと飛び降りる。

「いらっしゃいませ、キクといいます」

そしてぺこりとお辞儀をする。すごく上品に見えた。元気な女子高生という感じなのに。

「何か召し上がりますか？」

その言葉に、だんだん「食べろ」という威圧感が帯びてきた……。

「あんまりお腹すいてないんですけど――」

だいぶ前に食べたようにも、さっき食べたばかりにも感じる。

「じゃあ、甘いものは？」

キクさん――いや、キクちゃんがいかにも女子っぽい発言をする。

「あ、いいですね」

「ケーキ？　それとも和菓子？　甘いもののあとはしょっぱいものも欲しいわよね」

ああ……そういうこと言うクラスメートいたなあ。贅沢だな、と思ったこともあったっけ。

「キクちゃんは何が食べたいの？」

気楽にたずねてみる。

「わたしは今、抹茶白玉あんみつが食べたい気分ね」

「あ、おいしそう」

え、白玉が抹茶味なのかな？　そういえば、あんみつってあまり食べたことがない。

「じゃあ、ノエ、お願いね」

明らかに年上のノエさんに対して、タメ口！

「はい」

「あ、栗《くり》も入れてね」

「わかりました」

しかしノエさんはいやな顔もせず、にこにこしながら奥に入っていった。

「さ、こっち座って。さっきの質問の説明をしてあげる」

奥の席に着いたとたん、

「ここには暗い場所はあるけど、夜になることはないのよ」

とキクちゃんは言う。

「どうして？」

「太陽がないから」

えっ⁉　地上にないのか、え、

「でも、日射しが――」

「あるように見えるだけよ。一番居心地のいいところになっているだけ」

「そうなんだ……」

「基本、都合のいい場所よね。一回死んだ人なら、見た目も変えられるし」

たいていの人は一回だけだと思うけど。――って、はっ。

「あなたも一回、死んでるの？」

私より若いのに。

「ああ、安心して。わたしは百歳で死んだの」

「えっ⁉」

えっ、見た目が変えられるってそういうこと⁉

「ちなみに、ノエが死んだのは中年くらいね。りょうさんはおじいさんになってから。この街で本当に生きているのは、秀晴だけなのよ」

そういえばそんなようなことを聞いたような——いろいろありすぎて、忘れてしまう。

「みんな好きな歳に設定できるんですか？」

「多分。よくわからないんだけどね」

あはは～、とキクちゃん——キクさんは陽気に笑った。

「なんでその歳にしたの？」

「若い女の子たちみたいにおしゃれしたくて」

そう言いながら、着ている服はTシャツとジーンズという簡単なものだった。化粧もしていない。ただ素材がいいので、それでも充分かわいい。

「でも、実際は何を着たらいいのか、よくわからないのよね」

ちょっと残念そうに言う。

「どういう服が好みなんですか？」

「えーとね、カジュアル？　な感じがいいわ。なんかこう、活動的な女子大生みたいなの。

スポーツしてる人みたいなんじゃなくて、でも動きやすくてかわいくてって服。今のあなたみたいなの！」

確かに私は今、そんなような服を着ている。けっこう地味めなかっこうなのだが。

「体型とかもありますから、いろいろな服を試してみて、その中から似合って好みに合うかっこうにしたらいいんじゃないですかね」

適当なことに聞こえるかもしれないが、

「だって、ここなら好きな服着られるし！」

これ、すごくポイント高い。現実でそういうことやろうとしたら、せいぜい試着をくり返すぐらいしかできない。高い服が似合っても買えないし、買ったらあとが大変だ。なんとか買うのを我慢しても、そのあと似たような安い服を探すのも別の意味で大変。

今まではそれすらもなかなかできなかったけれど、ここだと着たものはそのまま自分のものになるし、サイズも思いのままだ。いいことだらけじゃん。

「その好きな服っていうのがわからないのよね……」

キクさんはちょっと悲しそうな顔になる。

「じゃあ、あたしの家に来て、着てみます？」

軽い感じで言ってみた。

「いいの⁉」

パアァッ！　とキクさんの顔が輝いた。

「いいですよ」

この街での私の家のクローゼットには、かつてないほど服があふれている。ちょっと
――いや、かなりうれしかった。

「ファッションショーをしてみたらいいじゃないですか」

「うれしい！」

ワクワクしている様子が、百歳とは思えないくらいかわいらしい。まあ、見た目十八歳だけど。

「じゃあ、これ召し上がったらいってらっしゃい」

ノエさんが抹茶白玉あんみつを持ってきた。

真ん中に抹茶アイスがどーん。その周りを囲むように、白玉と栗の甘露煮、そしてあんこがどっさり。

「これこれ！　沙耶さん、食べましょう」

「その前に、黒蜜と白蜜、どちらがよろしいですか？」

ノエさんの声は、キクさんを軽くたしなめているようだった。仲の良い姉妹のよう。ちょっとうらやましい。

「あたしは黒蜜！」

「あ、あたしもそれにします……」

どちらが好みなのか、判断できない。

「はい。ではこちらが黒蜜です」

とミルクピッチャーのような器が二つ差し出された。そして、お茶をいれ直し、塩昆布も持ってきたあと、ノエさんは奥に引っ込んだ。

とろとろの黒蜜をたっぷりかけて、まずは抹茶アイスをいただく。渋みと甘みが口の中で溶け合う。あんこ、白玉、栗、そして寒天とどう組み合わせて食べてもバランスがいい。

「やっぱりおいしい～」

キクさんの顔は、本当に幸せそうだった。

「抹茶アイスって、人類最高の発明だと思うの」

「それはそうかもしれませんね」

かわいいなあ。やっぱり百歳には見えないなあ。

「カレーうどんも素晴らしい発明よね」

「そうですね」

「焼きそばパンもいちご大福もそうよね」

そのあとも、よくそんなに浮かぶなってくらい、意外な組み合わせのおいしいものを羅列した。

「……キクさんって、食いしんぼなんですね」

「そうね。それはうちの家系みたい」

ふふふ、と寒天とあんこを混ぜながら、彼女は楽しそうに言った。幸せそうに食べる人ばかりがいる食堂なんだな、と私は思った。

抹茶白玉あんみつと白玉クリームあんみつ（アイスがバニラ）を食べてから、キクさんと二人で私の新しい家へ行った。

「あら、かわいいおうち」

家は、出かけている間にも変わったようだった。ドアを開けると、なつかしい気がした。

そんなはずはないのだが。

「掃除する必要ないんだから、もっと大きな家でもいいのよね。一人でも」

キクさんの想像の中では、もっと広い家に住みたかったようだが、

「あたしは、一人暮らしにちょうどいい家がいいです」

私はそう思っていた。

「本当のあなたも一人暮らし？」

「はい」

「そこはちょうどよくないの？」

しばらく考える。

「ちょうどよくないです」

「どうして？」

彼女はとっても無邪気にたずねる。

どうしてと言われても、そこに住んでいてもあまり……なんだろう、楽しくない？　安心できない？　快適でない？

幸せじゃない？

どれも違うようで、どれもあてはまる気がした。

「そこを仮住まいみたいに思ってるからじゃないですかね」

自分でももっともしっくりくる答えだと思った。

「どうして仮住まいだと思うのかしら。賃貸だから？」

その質問に、思わず笑ってしまった。賃貸だから。確かにそれはある。

「お台所がいい感じね」

いつの間にか自分が使いやすいように整っていた。鍋や炊飯器、それからオーブンも！

大きなオーブン——あこがれだった。

「わー、すてき！」

キクさんは二階に上がった瞬間に叫んだ。六畳間では、さっきまで一人ファッションシヨーをしていたのだ。色とりどりの服が所狭しとほっぽらかされている。

「これを着てみて、好きなのを決めてください」

「ほんと⁉」

彼女がぱっとつかんだのは、ふんわりしたミニスカートだった。ますます元百歳というのが信じられない。

それから、かなり長い間服を脱いだり着たりを二人でくり返した。なんでも着られるから、普段絶対選ばないようなものも試せる。ネットやテレビなどで見たセレブのドレスをいろいろ思い出し、わからないところは適当にアレンジした。

「ドレスの試着ってほんとに楽しいわね！」

ズルズル裾をひきずるようなイブニングドレスも、普段着として着られるのだ。誰も見ないだろうけど。

「あ、じゃあ、わたしウエディングドレス着ようかな」

キクさんが言う。

「わたしの時は、色打ち掛けだったから」

そう言いながら、嬉々《きき》としてマーメイドラインのドレスを着始める。

「沙耶さんも着なさいよ、ウエディングドレス。着たことある？」

「ないです」

「じゃあ、これなんかどう？　お姫様みたいよ」

腰からふんわり広がったドレスを彼女は差し出す。私はそれを着てみた。たっぷりしたレースのヴェールもかぶる。

「うわあ、きれい！」

美少女でなんでも似合うキクさんにそれを言われるとリアクションに困るが、少なくとも鏡に映ったドレスはきれいだった。

ウエディングドレスなんて――一生着られないと思っていた。そんな、夢見たこともなかった。夢を見ることぐらい、自分に許してもよかったのか？　でも、

『あんたなんか、どうせ結婚できないんだから』

そんなこと何度も言われたら、考えないようになるではないか。

「沙耶さん……？」

「何？」

「なんで泣いてるの？」

私は、鏡に映った自分の姿を見て、泣いていた。

「ごめんなさいね、何かつらいことを思い出した？」

キクさんはなぐさめてくれた。だが、私は何も言えなかった。声を出そうとしても、涙

が出てくる。

「ごめんね、あなたもしかして、ずいぶん我慢してたの？」

そう言われた時、胸が詰まるかと思った。

「な……なん……なんで、そんな……」

やっとそう言うと、

「ノエが言うには、ここは現実の世界よりも感情がゆるやかになることが多いんですって。でも、死に方がつらかったり、生きている時に我慢していたりすると、反動が出たりすることもあるって」

キクさんの言葉に、私はさらに泣きだした。死に方がどうだったのかよく憶えていない。もしかして、眠っている間に死んだのかもしれない。ある意味、楽な死に方だったのかも。でも、我慢はしていた。ずっと。ずっとだ。

物心ついて少したってから、我慢を強《し》いられてきた。そうじゃない生活なんて、この二ヶ月くらいしかしていなかった。自分の要求は、基本通らない。言って波風立てても、私のせいにされる。だったら、何も言わない方がいい。自分でなんとかした方が、よっぽど楽だった。

なんとかできないこともあると、死んでからやっとわかったけれど。

私はかなり長い間泣き続けた。といっても、本当のところはわからない。何日も泣いていたようにも、数分のようにも感じた。

「どうぞ」

目の前に、紅茶のカップが差し出される。顔を上げると、ノエさんがいた。

言われるまま、それを飲んだ。甘い。とても甘いミルクティーだった。

「甘い……」

私はまた涙をこぼした。紅茶の味もミルクも濃くて、ひと口ひと口、飲むたびにお腹に温かさがたまっていくようだった。

ノエさんとキクさんは、たまに声をかけてくれたり、代わる代わる抱きしめてくれた。すごくなつかしい感触に、私の涙はますますあふれる。

二人の腕の中で、私は、生きている間に流せなかった涙を全部流してしまったようだった。


カラカラになった気分で顔を上げると、部屋には誰もいなかった。

布の洪水だった床は、きれいに片づいている。着散らかした服は、クローゼットのハンガーにきちんと収まっていた。

キクさんとノエさんが片づけたのだろうが、全然気づかなかった。

私は立ち上がり、ふらふらしながら家を出た。

公園の中を歩き始めてしばらくして、ウエディングドレスのままだというのに気づく。それがなんだかおかしくて、今度は狂ったように笑い始めた。笑いすぎて苦しくて、芝生の上に寝転んでしまう。

そのまま、泣いているのか笑っているのかわからないまま、芝生の上に転がっていた。何時間もそうしていても、誰にも文句言われないってすごい。もう、何してもいいんだ。私は心からそう思った。

でもそれは、死ぬ直前だってそうだったのだ。もっと早く気づいていたら――と思ったが、少し遅かった。

いや、遅くない。生き返ればいいんだから。

でも、私はまだ元の世界に戻る勇気が湧かなかった。

もしかして、こういうウエディングドレスを現実でも着られるかもしれない。いい人と知り合って、温かい家庭が持てるかもしれない。

でも、持てなかったらどうするの？

ていうか、私なんかきっと持てない。だって、そういうふうに両親にも妹にも言われてきたんだもん。

誰もいない公園で、泣きながらウエディングドレスを脱ぎ捨てようとしたその時、

カシャン

とどこかで何かが開いた。

振り向くと、遊歩道の真ん中に、鉄柵の門が立っていた。さっきまでなかったものだ。門の背は高く、そのせいで幅がすごく狭く感じた。じっと見つめていたら、キイッと小さな音を立てて、ひとりでに開く。

門からこぼれ出るように黒い霧のようなものが現れた。柵だから、向こう側が見えるはずなのに、すきまからしか見えない。まるで、門の向こうが別の空間につながっているように。

あれが、〝影〟か。

影は、するすると門のすきまから伸びていった。それはまるで細い細い腕のようでもあった。何かを取ろうと、道をまさぐっているようにも見えた。

あれにつかまったら、私はきっと死の世界に行ってしまうんだろう。

泣いていたから、出てきたの？　じゃあ最初の時は？　まだ何も知らなかったから？

疑問に答えてくれる人は誰もいない。知っている人はみんな、別の世界にいるからだ。

生か、死か、どっちかの世界。

私は、門に背を向け、走りだした。追いかけてきそう——と思ったが、門は動かなかった。影はまだ何かを探すように、うねうねと動いていたが。

家に帰るかつばめに行くか、走りながらウロウロしていたら、古いポストのある駄菓子屋の前におじさんが座っているのを見つけた。

「おおう⁉」

ウエディングドレスを着たままの私に、驚きの声をあげる。

「あれ、もしかして、沙耶さんって人？」

なんでわかったんだろう……？

「僕ね、りょうさんっていうんだよ。ノエから話聞いてるよ」

「あ、りょうさんもお名前は聞いてます」

四十代くらいのガタイのいいおじさんだった。なるほど、この人がりょうさんか。なかなか会えないから、レアキャラかと思った。

「どうしたの？　走ってたけど」

「あ、門があって、中から黒い影みたいなものが見えたので――」

「逃げてきたんだ」

「そうです……」

「そのかっこうは……結婚式の時に死んだんじゃないんだよね？」

「違います！」

「そうか。それはあまりにもかわいそうだなと思って」

「そうですね、確かに」

と言ってから、はたと気づく。

「死んだら誰でもかわいそうだと思いますけど——とりあえずは」

「まあ、そうだよな」

そんな会話がなんだかおかしくて、私は笑ってしまった。

「よかった。笑えたね」

涙の跡に気づいたんだろうか。

りょうさんは、アイスのケースを探ってチューペットを取り出し、ポキンと二つに折って差し出した。

「はい、食べな」

「ありがとうございます」

切り口をチューチューすすると、冷たいのに甘すぎるなつかしい味がした。昔はよく駄菓子屋にも行ったけど、すっかり忘れていた味だった。

「ここに来ると、なぜかアイスが食べたくなるんだよね。当たりつきのとか」

「小さい頃、食べたんですか?」

「うーん、僕は年寄りだから、そういうのはちょっとなかったなあ。大人になってから、孫と一緒に行ったりしてね。そういう楽しかったことを思い出すと、ここに来る」

私はその言葉を噛《か》みしめながら、チューペットをすすっていると、

「いいなあ……」

と自然に声が出た。

「ん？」

「りょうさんは、お孫さんとかに囲まれた生活をしてたんですね」

「うん、まあ、早くに女房を亡くした以外は、まあまあ幸せな人生だったと思うよ」

「そうなんですか……。それもつらいと思うけど」

「死んでから会えることもあるからねえ」

うわ、すごい言葉だ。死んだ先の世界もあるっていうの？

そうじゃなくても、祖母に会えるのなら、私はお礼を言いたかった。介護する前にもほとんど会わなかったし、会話も満足に交わさなかったんだけど。

「どうしたの？」

ぽかんとしている私に、りょうさんはあわてたように声をかける。

「ここでは思いがけないことばかり起こってますけど……生き返ってからも憶えてるんでしょうか」

今のりょうさんとの会話、ちょっと憶えておきたい。

「うーん、たいてい忘れてしまうよ、生き返ると」

「えっ⁉」

あまりに無慈悲な言葉に、私はショックを受ける。

「説明してなかった、ノエたちが？」

「聞いてません……。あ、聞いたけど、忘れてるのかも」

いろいろなことが起こって、ずっと混乱しているから。

「ここは臨死体験ができる街ってことは、知ってる？」

「はい、秀晴さんが教えてくれました」

「臨死体験は、つまり夢とほとんど同じなんだよ。夢をはっきりくっきり全部憶えている人は少ない。ぼんやりとしか憶えていない人の方が多いし、見たこと自体忘れている人もいるでしょ。そのどれになるかは、生き返らないとわからないんだよ」

なんとなく納得してしまう。よくよく考えると、ここのことを全部憶えていても、あまり得がない気もする。自分だって、現実のつらい思いをここでも持ち越しているし。

でも――。

「何人もの人がそうやって生き返ってるんですね」

「うん、ここのことは忘れていいんだよ。それでも憶えていたいと望む人は、このノートを書いていく」

りょうさんが店の奥から取ってきたのは、一冊のノートだった。パラパラとめくると、いろいろな筆跡が読み取れた。

「ここに来た人が、気が向くと書き記していくの。昔の喫茶店とか、ペンションとかにあったようなやつだね」

それはよく知らないけど、寄せ書きみたいなものか。

「これに書けば、忘れないでいられるんですか?」

「そんなことはないよ。忘れる人は忘れる。忘れない人は忘れない。生き返る人は生き返る」

「あたしは、生き返れるのかな……」

反射的に言ってしまう。

「君は大丈夫だよ」

りょうさんにあっさり保証される。

「どうしてですか?」

「門からも自分で逃げてきたんでしょ?」

「はい」

「引き込まれるような感覚はあった?」

「なかったです」

単に怖くなって逃げてきただけだ。

「じゃあ、生き返れるよ。あれだけ食べているし」

「食べてることが何か関係あるんですか？」

「生きることは食べることと直結しているんだよ。それだけ生きる気力があるってこと。君がためらうのは、生き返ることじゃなくて、生きることを怖がっているからじゃないかな？」

そうかもしれなかった。何か答えようとしても、声も出ない。わなわなと唇が震える。

「あっ、ごめんね。悲しくさせるつもりはなかったんだ。でも、そういう人はけっこういるんだよ。けど、少なくともこのノートに何か書いた人は、全員生き返ったよ。何か書く？」

私はしばらく考えたのち、こんなことをたずねた。

「あの、このノートは特別なものなんですか？」

「いや、ここで売ってるものだよ。お金はいらないけどね」

「っていうか、このノートに書かないといけないものなんですか？」

「そういうわけじゃないから、新しいノート持ってく？」

お店の中に入ると、駄菓子の他に文房具や上履き、けん玉やこまなどのおもちゃが並べられていた。そして奥には鉄板が置かれたテーブル席がある。

「お好み焼きやもんじゃ焼きが食べられるよ」

「うちの近所には、こういうのなかった気がします……」

思い出を掘り起こす。友だちもいなかったしなあ。

「ほら、ノートはいくつもあるから。好きなのを持っていって」

私はいろいろ迷って、結局飾り気のない大学ノートを選んだ。かわいいのもあるのに、どうしてそれを選んだんだろうか。

「どうするの、それ」

「家に帰って、日記をつけます」

「つけてたの?」

「……昔は」

「そうか。そんなに面白いことはないかもしれないけど、ヒマつぶしにはなるよね」

面白いこともたくさんあるし、時間は流れないも同然なのに。ここにいる人は、みんな謎な人だな。

でも、みんな優しい。

私の家族もこんな人たちだったらよかったのに。

3

「それがこのノートか……」

沙耶はひとりごとを言う。

すでにもう、お風呂に入り、ふとんの中で読んでいた。ノエは電源の入っていないこたつに座っている。

「なんでこのノート選んだのか、わかったよ」

「思い出したんですか？」

「ううん、違う。あたしだったらこれを選ぶだろうなって思っただけ。かわいいノートを選ぶと、妹にとられたり、中身を読まれたりしたから。無意識に地味なものにしてたんだよ。読まれることなんかないから、かわいいのとか、きれいな色のノートを選べばよかったのにね」

昔は、お気に入りのノートに日記を書いていた。日記は沙耶にとって、たった一つのストレス解消法と言ってもよかった。一日の出来事ではなく、今考えていることをそのまま記す。表紙に「日記」ではなく「想記」と書いた。

慎重に隠していたつもりだったのだが、中一の頃に妹に見つかり、内容が母に筒抜けになってしまった。

以来、日記を書くのはやめたので、このノートの内容が本当だったら、久しぶりの日記ということになる。

本当だったら。

それはまだ信じていないけれど、このあとに書かれているのは、自分のことだとわかった。

手が震えていた。このまま読み進められそうにない。

「もう寝る」

「そうですか。おやすみなさい」

「あなたはどうするの？　帰るの？」

「いいえ、沙耶さんが読み終わるまでここにいますよ」

「そう……」

沙耶は灯りを消して、ふとんに潜りこんだ。震える手は冷たく、なかなか温まらなかった。

「沙耶さん、沙耶さん？」

誰かが呼ぶ声が聞こえる。同時にスマホも鳴っていた。

「大丈夫？　うなされていましたけど」

暗い部屋の中、目の前にいるはずのない人がいる。この人は――ノエっていう人。そして着信は、やはり知らない番号だ。

何に一番驚いたらいいんだろう。とにかく、着信音がうるさい。

「それには出ない方がいいんじゃないでしょうか」

ノエが言う。

「誰からのか知ってるの？」

「いいえ、知らない番号です」

美苗の番号でもない。夕方にかかってきたものでもない。

「出ろって言ったり、出るなって言ったり――」

沙耶はブツブツ言いながらスマホを放置した。しばらくして、着信音は途絶える。

ああ、汗びっしょりだ。またいつもの夢を見た。今夜のは、昼間の妹の姿も加わって、余計に苦しいものだった。

「夢見ていたんですか？」

「うん……」

ふとんに再び寝っ転がるが、目は冴《さ》えていた。

「どんな夢です?」

「……家に帰る夢」

実家を出て二ヶ月、ほぼ毎晩のように見る。このアパートが見つかって、両親が乗り込んできて、家に連れ戻される夢だ。今夜は、舞も一緒だった。いくら抗《あらが》おうとしても、身体が動かず、まるでロボットのように連れていかれてしまう。

声も出ない。喉からの叫びは、かすれた息にしかならず、起きるといつも喉が痛かった。

「独立されているのですよね?」

「あっちがどう思ってるかわからないけど、そうだね」

「成人もされているし」

「そう。もうすぐ二十六歳」

「連れ戻されることは、普通はないんじゃありませんか?」

あの人たち、普通じゃないから。

そう言おうとして、自分も少し前まではその中にいたんだ、と思い知る。

あきらめて灯りをつけ、ふとんの中でノートを読み始める。どうせ眠れないから。

ノート　3

私の家――石井家は、地元の名士だ。

父は昔からの資産家の家系で、老舗《しにせ》の会社を経営し、地域の顔役でもある。専業主婦の母は昔から評判の美人で、完璧に家事をこなしながら、いつまでも若々しい。二人はおしどり夫婦としても有名だった。

子供は長女の沙耶――私と次女の舞の二人。父に似た長女は学校の成績がよく、料理や家事が好きなおしとやかな女の子。母似の次女はスポーツ少女で、県の代表に選ばれたこともある。

私たちは、完璧な家族と思われていた。

だが、それはあくまでも外向きのものだった。

小学生の時、母にはっきり言われたことがある。

「あんたで失敗したから、舞を産んでやり直した」

その時は、実は意味がわからなかった。何に失敗したんだろう、としか思わなかったのだが、母の顔が怖かったのは憶えている。夢の中に出てくる母は、いつもその顔をしているのだ。

意味がわかったのは、最近だ。幼なじみの前田美苗と再会し、昔のことを話していたら、次々と思い出した。言われて怖かったこと。傷ついたこと。口答えは許されなかったこと。それらを何度も何度も、くり返し言われたこと。

「それがね、沙耶、『洗脳』っていうんだよ」

そう言われて初めて、自分は両親にとって「できそこない」であり、彼らの「娘」として認められているのは舞だけだ、と気づいた。

ほんの数ヶ月前のことだ。

舞が生まれたのは、私が八歳の時だ。

それまでは、ごく普通の生活を送っていた。通いの家政婦さんがいたが、母は普通に私の面倒を見ていたし、父と遊んだり、家族で出かけたり旅行に行ったりもしていた。

けれど、舞が生まれると両親が、特に母が変わった。舞は母似で、とてもかわいい赤ちゃんだったから、母は夢中になったのだ。私も舞のことを本当にかわいいと思ったから、気持ちはわかる。

だから、母から「舞の面倒を見ろ」と言われても、疑問を持たなかった。

「お姉ちゃんとして世話をするのは当然でしょう?」

と言われても、「そうか」としか思わない。

しかしたったの八歳だから、そんなうまくできるわけがない。そのたびに怒鳴られた。父も母も、どんどん怖くなっていった。今までも怒られていたけれど、妹が生まれてからはそれがひどくなっていったと思う。多分。

子供だから、次第にそういう生活に慣れてしまうのだ。

さすがに最初の頃は、母も育児や家事をしたように思うが、面倒くさいこと、汚いことはすべて私にまかせていた。そのくせ、外では舞をずっと抱いて離さず、良い母を周囲にアピールする。

私は言われるままに、家事も仕込まれた。暴力こそなかったが、うまくできなければ激しく罵倒され、食事も抜かれた。お腹がすいても、冷蔵庫のものを勝手に食べたり飲んだりできなかった。自由に飲めるのは水道水だけ。

少食なのは、その時の名残かもしれない。

小学校の高学年になる頃には、料理も洗濯も掃除もできるようになっていた。母は家のことはすべて私にまかせるようになった。

母は私を「できそこない」と言ったくせに、家事には完璧を求めた。「できそこない」だからこその要求だったのかもしれない。

朝から晩まで家の中を駆け回って、家事をこなした。もちろん学校にも行っていたし、成績が落ちることなどもってのほかだったので、勉強もしなくてはならない。

クタクタになった深夜、眠い目をこすって宿題をやっている時、階下から響いてくる両親の笑い声に、いつも涙を浮かべていた。あんな大きな声で笑ったら、舞が起きるのに——と思いながら。

起きたら、自分が呼ばれるのに。

私が料理を作って、テーブルに出すとすぐに両親と妹は食べ始める。残りの料理を催促され、急いで作って、ある程度片づけた頃には、もうみんな食事をすませている。私は急いで食事を取り、三人が居間でテレビを見ている間、一人で洗い物をする。

いつもそんな調子だったので、最初はなついていた舞も真似《まね》をするようになり、いつしか暴君のようにふるまうようになる。私は家族ではなく、下働きのように扱われていたのだ。

それでも、私は自分の置かれている状況を特にひどいとは思っていなかった。暴力はないし、外面《そとづら》のいい両親のおかげで、最低限の身だしなみはできていたからだ。中学校では部活にも満足に参加せず、休み時間も家でできない勉強をしていたので、いわゆる〝ぼっち〟だった。放っておいてもらえる方が楽だったのだ。幼稚園から小学校まで一緒だった美苗は、私立中学に進んでしまったので、友だちもいなかった。

高校は志望していた進学校を却下された。公立だったのだが「遠すぎる」という理由で。電車で一時間もかからない距離だったのに、家事がおろそかになるので、と許されなかったのだ。

担任の男性教師は、

「そんなのもったいない。がんばればいい大学にも進めるのに」

と言い、家まで来て説得することになった。果たして大学に行けるかどうかわからないが、気にかけてもらえるのはうれしかった。

だが、おそるおそる教師が来ることを両親に伝えると、父が「こう言え」と指示を出す。

「祖母が病気になり、家で引き取ることになった。介護をする母を支えたいから、近くの高校に通いたい」

そんなこと初耳だった。

「ほんとなの？」

と問うと、母が肩をすくめた。祖母というのは父方のなのだ。

教師はそれでも説得しようとしていたが、両親の弁舌と私の言い訳をすっかり信じこみ、最後には感動して泣きそうになりながら帰っていった。聞き分けのいい優等生であることが裏目に出たが、それからまもなく、がんを患った祖母が引き取られて忙しくなったので、くよくよ悩むヒマはなかった。介護は当然、私の役目だったから。

歩いて通える高校に進んだ頃、舞は小学生ながらスポーツで注目を集め、地方新聞やローカルテレビに出るようになった。それがあまりにもかわいかったので、以来、妹と比べられることが増えていった。明るく華やかな美少女の妹と暗く家にひきこもりがちの姉、という位置づけが行なわれ、学校では「オタク」と言われていじめられた。なんのオタクにもなれないほど、家事と介護に追われていたというのに。かばってくれるような友だちを作る時間もなかった。

ただその頃、私は何も考えていなかった。学校でのいじめもほとんどは陰口や仲間はずれ程度だったので、家族の激しい罵倒と比べれば楽だったし、家に帰れば忙しすぎて考えるヒマがない。それに、祖母の介護は思ったよりもずっと穏やかなものだった。喉頭《こうとう》がんで声を失った祖母は、怒鳴らなかったから。

それに、一緒に暮らし始めてからしばらくして、祖母は私によくお金をくれた。認知症になる前で、まだ外出も一人でできる頃、少しずつ銀行でおろしては私に無言で差し出した。

それは、私以外の誰も彼女の世話をしないという事実に気づいた祖母なりのわびだったのかもしれない。でも使う機会がなかったし、私名義の預金通帳は事実上両親のものだったので、その頃の秘密の隠し場所だった食料貯蔵室にただ貯《た》まっていくだけだった。

昔、日記を見つけられてしまった時から学んだのだ。私の部屋は探されるけれども、家事をしない家族は台所や貯蔵室にほとんど近寄らない。自分で食料や生活用品を探すことはしないのだ。それは私の仕事だから。

高校を卒業しても祖母の介護は続き、大学はあきらめた。祖母が亡くなったのは二十歳の頃だ。改めて進学も考えたが、そのまま働きに出された。

ただ、どちらにしても外に出ることは私にとってとても新鮮だったから、それはそれで楽しいとさえ感じた。が、たびたび両親に干渉（残業はするなとかつきあいはするなとか）されて、正社員としては続かなかった。最近はバイトばかりだ。いくつか掛け持ちもしていた。

そんな中で、美苗と再会した。彼女が勤めている会社にバイトとして入ったのがきっかけだった。

幼なじみで、たった一人の友人である美苗は、舞が生まれる前と生まれたあとの私を知っている。そして、その状況の変化を幼いながらも見抜き、「おかしい」とはっきりと言っていた子供だった。

中学からは、偶然会うこともなく過ごしていた。私が忙しかったこともあるが、無意識に避けていたところがなかったとは言えない。同窓会の参加は、両親に止められていた。

美苗は、げっそりとやせ細り、すっかり無口になった私に驚き、長い時間をかけて話を引き出していった。そして、家族に洗脳されていることを辛抱強く説いてくれたのだ。

「沙耶、それって奴隷だよ。このままお金も時間も搾取されながら、一生を生きるの？」

奴隷という言葉にショックを受けたが、それって自分で考える必要のない生活ということで――それはそれで楽かもしれない、と言ったら、

「ずっとそういう生活ができる保証なんて、一つもないでしょ？　一番最初に切り捨てられていいの？」

そこまで考えていなかった私が絶句すると、美苗は続けた。

「それがね、沙耶、『洗脳』っていうんだよ」


私は、食料貯蔵室に隠したままになっていた祖母のお金を思い出した。家族が留守にしていた深夜に数えてみると、驚くほどの金額が貯まっていた。

あまりの大金に、私は怖くなって美苗に預かってもらうことにした。すると、こう言われた。

「お祖母《ばあ》ちゃんが沙耶に『逃げろ』って言っていたってことだよ」

やっと目が覚めた私は、引っ越しの準備を家族に隠れてし始めた。自分の荷物はちょっとしかなくて、分割して運び出しても誰も気づかなかった。

ある日私は、夕食の買い物に出たきり、家に帰らなかった。

「遠くに働きに出ます」

とだけ書き置きをして。

実家から離れた知らない地方へ行き、美苗が探してくれたアパートを祖母の金で借り、新しい生活を始めた。

だが、外に出るのは怖かった。見つかったらどうしよう、ということばかり考え続けた。捜索願が出されても、成人しているし書き置きも残したので、警察は積極的には動いてくれないはずだ。もしかしたら探偵を使われる恐れもあるけれど、実はもう、家に金銭的な余裕がないことは知っていた。父親の会社は傾き、妹は学費のかさむ私立高校通い。なのに節約をしようという気は誰にもなく、母と舞は相変わらず湯水のように金を使って遊び歩いていた。大学にも進学させず、私を働かせたのは、生活費を稼ぐためだったのだ。

祖母が引き取られたのだって、遺産目当てだった。だが、残されていた預金はわずかで、土地や債券も価値が落ちたり、すでに売り払われているものばかり。それでますます父の会社は苦しくなっていった。

祖母が亡くなったあと、ある真夜中、両親が言い争いをしているのを聞いてしまった。

「あのクソババア、ほんとにパチンコに注ぎこんでたのか！」

「血は争えないわね。よく似た親子よ」

そのあとの壮絶な夫婦げんかに私は耳をふさいだ。

「金がないから探偵は雇えない」、それとも「探偵を使ってでも働き手を取り戻す」のどっちになるのか、と私はずっと怯《おび》えていた。引っ越して二ヶ月たって、ちゃんとした仕事に就きたいと思っても、アパートから満足に出ることもできなかった。

美苗にだけ連絡を取っていたので、両親の様子もある程度わかっていた。特に変わりはなく、私のことを他の人に訊かれると、

「あの子は親戚の家の手伝いに行っています」

と言っているそうだ。

探していない、と思ったら、ほっとすると同時に、悲しい気持ちにもなった。メソメソする私を見て、美苗は言った。

「なんでそんな悲しそうな顔をするの?」

私は、美苗がどうしてそんなに怒っているのかが不思議だった。

「あの人たちが沙耶のことを探さないのは、お金がないからだよ」

「それは知ってるよ」

「お金があったら探してると思う?」

「そうかも……」

そう考えると身震いがする。

「でも、それは沙耶を心配してじゃないよね? わかってる?」

そう言われて、なぜかひどくショックを受けた。

お金があったら私を探しだして、家に戻す時、両親はきっと言うだろう。

「お前が必要なんだよ」

必要とされていることに、私はきっと心が揺らぐだろう。そして、美苗の説得も虚《むな》しく、家に帰ってしまうに違いない。

「家族にとって私はいったいなんなんだろう」という疑問に答えてくれるはずの家族はいないも同然で、彼らの誰も私のことを気にしていない――それを自分で気づくことは、想像以上のダメージだった。

その日から、私は一層無気力になった。祖母のお金があるとはいえ、一生は到底もたない。これからは自分のために働いて、自分だけで生きなければ。

でもそれって、全部自分で考えなくちゃならないってことだ。

自分の居場所は自分で作らないといけない。今までの居場所は、なくなってしまったのだから。

失ったのは、自分のせいなんだから。

ここまで書いたら、なんだか眠くなってしまった。ずっと眠くなかったのにな。

ソファーに横になって目を閉じると、外が暗くなったような気がした。久しぶりに私は、深い眠りを貪《むさぼ》った。

目覚めてから、つばめへ行く。

お店には、四人がそろっていた。ノエさんにキクさん、秀晴さんにりょうさん。

「あっ、沙耶さん！」

いち早く気づいたキクさんが、走り出て迎えてくれた。彼女はデニム素材のワンピースにブーツを合わせていた。おしゃれレベルがアップしている。ファッションショーをした甲斐《かい》があった。それがちょっとうれしかった。泣きそうな顔をしていても、かわいい。

「心配してたの～」

この人たちは、もうここでしか会えないのだろうけど、それでも私を心配してくれる。現実の家族よりも、ずっと。

「さーさー、座りなさい」

りょうさんが手招きをしてくれる。テーブルに着くと、秀晴さんがお水を持ってきてくれた。

「何か食べますか？」

ノエさんとは違うぞんざいな訊き方がおかしかった。

「食べたいものは、何？」

キクさんの訊き方は、お母さんのようだった。

そう思ったら、八歳までの思い出が、甦《よみがえ》ってきた。

「あの……」

「なんでしょう？」

割烹着姿のノエさんが、トレイを抱えて前に出てきた。

「お母さんが作ってくれた、ホットケーキが食べたいです……」

小学校に入学するくらいまで、母は優しかった。お弁当を毎日作ってくれたし、休みの日は家族でよく遊びにも行った。

自分のどこが悪かったのか、私にはわからない。学校の成績はよかったし、逆らわなかったし……。

もしかして、発育が悪かったということだろうか。食が細く、好き嫌いも多く、幼稚園でも小学校でも一番小さい子だった。身体を動かすことが嫌いで、足が遅かった。かけっこではたいていビリで、そのたび母が悲しそうな顔をしたのを憶えている。運動系の習い事はことごとく挫折してしまった。

そういえば、両親に連れていかれるスキー旅行がいやでたまらなかったが、ある時から一人で留守番をするようになった。

両親はともにスポーツ好きだったから、舞のように身体が大きく、運動神経も抜群の子が欲しかったのかもしれない。よく笑って、友だちの中でもリーダー格で、かわいいから男の子にももてる。そんな舞の方が、自分たちの子供として受け入れられたのだろう。

小学二年生の時に舞が生まれて、私の子供時代はそこで終わった。幼稚園の頃にはおやつによく母が作ってくれたホットケーキも、そのあとは一度も食べたことがない。

「どうぞ」

ノエさんが焼いてくれたホットケーキは、母のよりもぶ厚く、ふっくらとしたきつね色だった。それは、自分が舞に作ってあげていたホットケーキとよく似ていた。

中学生の段階で私は、短時間に何品も料理を作ることができたし、舞のお弁当も幼稚園のママの間で評判になるくらいカラフルでかわいいものだった。

母は、あまり料理上手ではなかったのかもしれない。母のホットケーキは、もっと粉っぽく、焼き色にムラがあり、形も不揃《ふぞろ》いだった。

それでも私は、そのホットケーキが大好きだったのだ。

母も完璧ではなかったのに――なぜ、娘の私にそれを求めたのだろう。母が望んだ完璧とは、なんだったんだろう。

「沙耶さん。生き返って、ちゃんと人生をやり直しませんか？」

ノエさんは言う。その言葉は、母に言われた言葉を思い出させた。

『あんたで失敗したから、舞を産んでやり直した』

やり直すという言葉が悪いわけではないが、まるで自分も母と同じことをするみたいで、怖かった。理屈では充分理解している。でも、心が受け入れない。

時間が必要なんだ。

だから、私は首を振った。

「どうして？」

「自信がないんです」

口に出してみると、それしかなかった。

「もう少し、ここにいさせてください」

生き返ってやり直す。それが一番だともわかっている。でも、どうしたらやり直せるのか、何も思い浮かばないのだ。

それがこの街で見つかるかどうかもわからないのに。

4

いつの間にか寝落ちしていたらしい。

沙耶はふとんから這い出し、もぞもぞと着替える。

「おはようございます」

「わあ！」

振り向くと、やっぱりノエがいた。

「い、いつまでいるの？」

沙耶は急いで着替えを終わらす。

「あなたが思い出すか、ノートを全部読み終えるまでです」

ノートの内容は、おそらく自分が書いたものだとは思う。過去の記述は、自分でなければ書けないだろう。

ただ、書いた憶えはやっぱりないし、思い出す気配もなかった。

とりあえず、今は半分くらい読んだだろうか——と思って、ハッとする。

「ねえ、これが本当だとすると――」

「本当です」

「ほんとだとするとね、あたしは生き返ったってことなのかな?」

「そうです」

あれ?　ボカされるかと思ったら、あっさり肯定した。

「この段階では、まだ生き返ってないけど」

「自信がない」とは、いかにも自分らしい。

「先をお読みください」

すました顔で、ノエはそうくり返すばかりだ。

「わかったよ……。まず朝ごはんを食べてからね」

ノートに影響されたのか、ホットケーキが食べたくなった(カレーうどんはスルーしたのに)。ホットケーキミックス粉で簡単にすませてしまおう。牛乳とちょっとだけヨーグルトも加える。

「上手ですね」

焼いている沙耶の手元をのぞきこみながら、ノエが言う。

「箱の裏に書いてあるとおりにやってるだけだよ」

濡《ぬ》れ布巾《ぶきん》でフライパンを冷ましながら焼くというのは確かにめんどくさいけれど、守るとことんがりきれいに焼ける。

ティーバッグだけど、ちゃんと時間を計って紅茶もいれた。ふっくらぶ厚いホットケーキ二枚にバターを載せ、メープルシロップをかけていただく。

「いただきます」

表面はカリッとして、中はふんわり。うん、今日もうまく焼けた。

母はめんどくさがりな人なんだろうな、とぼんやり思う。沙耶自身も母のことはよくわからない。母も、そして父も妹も多分、沙耶のことは知らないだろう。

何か食べながら本が読めるというのは、一人暮らしの特権だ。あとはスマホのチェックとか。そういうはしたないことをしても、誰も怒らない。

あ、ノエがいるけど——全然気にしていないようだ。にこにこしながらホットケーキを見つめている。

あれ以降、電話の着信はなかったようだが、メールが来ていた。美苗からだ。


舞ちゃんがそっちに行ったって本人から聞きました。びっくりした……。

ごめん、舞ちゃんに沙耶のことをしつこく訊かれて、一度だけ会った時に、手帳を盗み見られていたみたい。携帯はずっと手に持ってたんだけど、手帳にも沙耶の連絡先が書いてあるのを忘れてて。トイレ行ってる間に見られたみたい。

ほんとにごめんね。また引っ越しをしなきゃならない？　舞ちゃん、だいぶ興奮してた。何を話したの？


多分、美苗の言うとおりなのだろう。舞の嘘をつく時のクセも目《ま》の当たりにしたのだし。それでも気持ちが揺れている自分がいやだった。たった一人の友だちも信じられないなんて。こんなことを考えていると知られたら、美苗も失望するのではないだろうか。

どちらにしても連絡しなくては。少し気が重い。

「美苗さんのこと、疑っているんですか？」

ノエがスマホをのぞきこみながら言う。

「そんなこと、ないけど……」

ためらいながらそう答えると同時に、メールが着信した。なんと、舞からだ。


お姉ちゃん、早く帰ってきて！

みんな心配してるんだよ！　どうしてわかってくれないの!?


それだけだった。どちらにも返事をためらう。

「これ、あなたはどう思う？」

沙耶は、舞のメールの文面をノエに見せた。ノエはそれをじっと見て、しばらく考える。

「あなたが疑っているのは、舞さんですね」

「どういうこと?」

「疑っているというより、ここに書かれていることも、昨日舞さんが言ったことも、みんな本心だと思いたいというか」

みんな——つまり、家族が心配している。

自分はやっぱり、そう思いたいだけなのか。思っていないってわかっているから。

ぐるぐる考えていたら、また食欲がなくなってしまったが、むりやり朝食は食べた。最後の一口を押し込んでから、沙耶はノートの続きを読み始めた。

ノート　4

次の日（?）、私はまだ街にいた。

とりあえず、食堂つばめの人たちの手伝いをしよう、と思っていた。つまり、自分のように迷い込んできた人を見つけて、生き返らせることを。

「どうやって探すんですか?」

とたずねると、秀晴さんが、

「ただひたすら、歩いて探す」

とシンプルに答えた。

歩いても歩いても疲れないから、私はとにかく足でそういう人を探した。街は広い。無駄に広い。なんでもある。ように思えるが、本当は何もないというのが信じられない。どこまでも見たことのありそうな景色が広がるばかりだ。

そして、広いようで狭い。つばめに帰りたいと思えば、どれだけ歩いたあとでも、すぐに帰れた。

小さい頃、まだ舞が生まれる前、迷子になった時のことを思い出した。幼稚園児が大冒険したつもりになっていたが、実際はすごく狭い範囲をウロウロしていただけだったみたいな。

そんな話を秀晴さんにしたら、

「そうかもね。この街はいつでも人の隣にあるのかもしれない。見えない人が多すぎるだけなのかも」

隣にいる人の心の中でも、わからないみたいな？　違うかな？

人の心がわからない――というより、怖い私だから、街に迷い込んだ人を見つけられないのかな。

「見つからない方がいいでしょ」

キクさんの言葉になるほど、とうなずく。それだけ死んだ人が少ないってことだもの。

劣等感を持つのは見当違いらしいが、なんとなくモヤモヤする。

つばめに連れて来られる人たちは老若男女いたが、たいていの人は生き返れることを喜び、すぐに元の世界へ戻っていった。でも、たまに生き返ることを望まず、死の世界へ行ってしまう人もいる。お年寄りばかりだったが、幸せに生活を送っていても死ぬことを願う。

「ここに来て、死ぬのが怖くなくなったよ」

そう言ったおじいさんもいた。生きるのが怖い私にも、その言葉の意味がわかる時が来るのだろうか。

街をさまようばかりの数日（私の感覚で）がたった時、一人の男性を見つけた。部屋着っぽいジャージを着た中年男性だった。りょうさんよりも若い感じ。三十代後半から四十代くらい？

ふらふらと歩くその人に近寄っていくと、彼が道の真ん中に立っている例の門の中へまっすぐ入ろうとしているのに気づいた。ヤバい！

「待って待って！」

あわてて叫びながら駆け寄り、男性の腕をつかんで後ろにひっぱる。びくともしない。なんだか身体が固まっているみたい。

「ダメ、そっちに行っちゃ！」

門の中から黒い影が見えた。うねうねと動く影は、次第に濃くなり、人の形のようにまとまってきた。小さな子供のようにも、恐ろしく大きな怪物のようにも見える。もわもわと湧き出る霧というか闇が、手招きをしているようだった。

「そっちに行ったら、帰れなくなりますよ！」

必死に叫ぶ私の声に、つかんだ腕の力が少しだけゆるんだ。

かすれた声が聞こえた、と思ったら、二人とも地面に倒れた。痛い――かと思ったら、衝撃はあるが、特になんともなかった。

門と黒い影は、跡形もなく消えている。

「はあ、よかった……」

初めて見つけた人が、あの門の中に入っていってしまうのは、だいぶ後味が悪い。

「すみません……」

男性は地面に転がったまま、つぶやいた。

「いえいえ」

お互い様です、みたいなことを言いそうになって、口をつぐむ。

「大丈夫ですか?」

「はい――」

彼はようやく身体を起こし、道路に座り込んだ。

「さっきのはなんなんですか?」

「何が見えました?」

ノエさんたちが言うには、あの影が見える人と見えない人がいるとかなんとか。めんどくさい。

「それは困る」

「黒い影みたいなものが見えました」

　この人は見えるみたいだ。

「えーと……あたしもよくわからないんですけど、突然出てくる門があるんです。門は見えました？」

　彼は首をさすりながら考えているようだった。

「ああ、見たかもしれません。門っていうか鉄柵？　かと思って」

「それです。その門は、死の世界の入口なんです。黒い影につかまって門の中に入ってしまうと、本当に死んでしまうんですって」

「本当に死んでしまう……？」

「何言ってんだこいつ」という顔をされた。まあ、無理もない。私もこんな顔してたのかな。

「門がない……」

　私とさっきまで門があった空間を見比べて、彼は言う。

「出たり引っ込んだりするんです」

「どのくらいの頻度で⁉」

　それって問題なの？

「わかりません」

彼は遠くの方に視線を向けた。そうすれば、自分の住んでいたところが見えるかのように。

「……ここは、どこなの？」

「ここは、生と死の間の街です」

彼はハッ、と鼻で笑う。

「そんなバカなこと……」

「あたしも最初そう思いました」

みんな同じように感じてしまうんだろう。

「どこでもいいけど、俺は、帰らないといけない」

「早く帰りたいですか？」

「帰りたいよ。帰らないとダメなんだ」

それは、ここがどこだかわかったからなのか、それともとにかく帰りたいだけなのか。

ともあれ、私のようにめんどくさいことを言わないのはいい。

「帰りたいなら、その方法を教えてくれるところに行きましょう」

そう言って、つばめに連れていった。

「食堂……？」

「そうです。ここの人が、生き返らせてくれますからね」

ん？　違うかな？

まあ、それも含めて教えてくれるだろう。

引き戸を開けると、ノエさんとりょうさんが顔を上げた。

「いらっしゃいませ、沙耶さん」

他のメンバー（？）には「お帰りなさい」と言うのに、私にだけは「いらっしゃいませ」と言うノエさん。淋しいと思ってはいけないのはわかっている。単に私が「お帰りなさい」を言ってもらいたいだけなのだ。

「こんにちは、ノエさん、りょうさん。街でこの人見つけたの。早く帰りたいんだって」

そう言って、二人に彼を引き渡す。

「いらっしゃいませ。こちらにどうぞ」

ノエさんは、彼をテーブルに着かせ、水を出した。彼は導かれるままに腰を落とす。疲れたような座り方だ。

「何か召し上がりますか？」

「いいえ、特に腹は減っていませんから」

私は、少し離れたテーブルから、その様子を見守っていた。りょうさんがお茶と団子を持ってくる。

「食べない？」

みたらし団子だ。

「あ、ありがとうございます」

遠慮なくもぐもぐ食べる。なんでもおいしいので、食べる量がどんどん増えている。

「団子は何が好き?」

りょうさんも一緒に食べる。

「なんでも好きです」

最近、特にそう思うようになった。偏食気味だったのは、歳を取るうちに直ったし。

「俺はやっぱりみたらしだな」

りょうさんは、私の父親くらいの年頃に見える。体型もちょっと似ているかもしれない。でも、父とは全然違う。父も見た目は柔和な人なのだが、今から考えると目が冷たかった。

というより、あまり他人に関心がなかったのだろう。家庭は母が中心で、自分に被害が及ばない限り、父は口をはさまなかった。

「この間食べた胡麻《ごま》のもおいしかったです」

砂糖を合わせたすり黒胡麻を団子にまぶしたものだが、たっぷりの胡麻が香ばしくて、いくらでも食べられた。

つばめでは、甘いものをたくさんふるまわれる気がする。和菓子だけでなく、洋菓子も。

自分がずいぶんと甘いものに飢えていたのだ、と思い知った。

「他のも食べなさい」

りょうさんは、奥からどんどん団子を出してくれる。海苔《のり》にあんこ、きなこにずんだ、よもぎや桜もある。どれも味の好みがぴったりで、いくつ食べても飽きないしお腹もいっぱいにならない。

ほとんどが知らない味なのに、ちょうどいいものを食べられるなんて不思議だ。

「生きている時は少食だったのに、どうしてここではこんなに食べられるんでしょう？」

しかも、とてもおいしい。

「本当に食べてないからっていうのはわかってるんですけど」

「生きていた時のことは、あまり関係ないと思うよ」

りょうさんがお茶をいれ直しながら言う。

「君の場合、それだけ強く生きたいと思っているんじゃないかな」

「量の問題ですか？」

「そうかもしれないけど、最初からパクパク食べてたっていうじゃない？」

「あー……そうですね」

ノエさんに「何か食べますか」と訊かれて、すぐに「カレーうどん」と言った。

「君に必要なのは、本当に少しのきっかけなんだと思うんだよ。生きる気力は充分あるんだからさ。条件はそろってるんだよ」

「そろわない人っているんですか?」

一部のお年寄りを除いて、生き返りたい人はみんな生き返ったが。

「いるよ。彼みたいな人」

りょうさんは、さっき来たばかりの男性を見る。

彼は相変わらずうつむいて座っていたが、

「帰りたいです。帰り道を教えてください」

とくり返していた。彼の前には、湯気のたったコーヒーが置かれているが、手をつけた形跡はない。

「とりあえず、コーヒーでもお飲みになったらいかがですか?」

ノエが優しくすすめるが、彼は首を振った。

「母が待っているんです。どうか教えてください、どうやって帰ったらいいんですか……?」

「お教えしますけど、何か召し上がりませんか?」

「いいえ。何もいりません。腹は減ってないんです」

ノエさんが何をすすめても、彼は首を振り、「帰りたい」をくり返す。

「わかった?」

りょうさんは私に向き直った。

「はい?」

「ああいう人が、死にたがっている人」

「えっ？　でも、帰りたがってるじゃないですか」

「口ではね。でも、ものを食べない。最初食べない人も、水分くらいはとるんだけど、彼はそれさえも拒否してるよね。人間は食べないと生きていけないから、ここで何かを食べることは、生きることを望んでいるってことなんだよ」

　私は、以前彼から聞いた言葉をようやく理解した。

『生きることは食べることと直結しているんだよ。それだけ生きる気力があるってこと』

　ここで食べない人は、見たことがなかったのだ。

「彼はそれを忘れている。口でいくら『帰りたい』って言っていても、生きる気力はないんだよ。今はまだね」

「あんなに帰りたがってるのに、矛盾してるじゃないですか」

「それは、彼に事情があるんだろうね。もちろん、生きてた時の」

　ノエさんが続けて彼にたずねた。

「どうしてそんなに急いで帰りたいんですか？」

「母が――」

　彼は泣きそうな声になった。

「母が待ってるんです」

「お母様？　もしかしてご病気ですか？」

「はい。ずっと寝たきりで……わたしが帰らなければ、誰も世話をする者がいないので」

「それはご心配ですね」

ノエさんの声にも苦悩がにじみ出る。

「はい。だから、早く帰らないといけないんです」

「ここに来れば、生き返ることも可能ですよ」

「ほんとですか⁉」

食ってかかりそうな勢いだ。

「はい。でもまずは飲み物を飲んで落ち着かれたらいかがですか？」

そうすすめても、彼は一切手をつけない。

「帰りたいんです。帰してください」

そう壊れたラジオのようにくり返す。

「あれじゃ、すぐに影に引き込まれてしまうよ」

りょうさんに言われて思い出す。

「もう引き込まれてました……」

「そうなの⁉」

「門に入りそうなところを、あたしが引き止めたんです」

「よく止められたね。巻き込まれることだってあるのに」

「……あったんですか？」

「あったよ。僕はもう死んでるから平気だけど、結局止められなかったってことだから」

想像すると、ちょっと怖い。

ノエさんと男性は、延々と不毛な会話を続けていた。彼女は、すごく我慢強い。

「あの人、あたしが『帰れなくなる！』って声かけたら、思いとどまったのに」

「そうなの？」

「そうですよ。本当に死にたいだけだったら、そのままあたしを振りきって門の中に入ったと思うんですけど。あれじゃまるで、『帰る』って言わないといけないみたいな――」

そう言って、私は気づく。あの人も、迷っているのだ。生か死か、を。でも、自分とは違う。自分は「生きたくもない、死にたくもない」であり、あの人は「死にたいけれど、生きたい」。

……なのだろうか？　それとも、「死にたいけれど、生きなければならない」？

それは、切なすぎる気がする。死ぬことすら許す許さないの問題みたい。でも、そんな次元のことではないのに、そう考えてしまう気持ちが、少しわかる気がした。

ここは、それに悩まなくていい場所なのでは？　それを教えてあげた方が、いいんじゃないだろうか。

私は立ち上がって、彼のいるテーブルに近づく。手にはなぜか団子の皿を持って。

「帰る帰らないは、考えないでいたら？」

団子を彼にすすめるように置きながら、そう言ってみる。

「いや、それはダメです」

即座に否定された。

「俺は帰らないといけない」

非常に頑固な口調だった。ノエさんが困ったように首を振る。

「どうしてなんですか？」

「母の面倒を見なければ」

「他に面倒見る人は？」

「いません。俺一人で世話してました」

そりゃあ確かに帰らないといけない状況だろう。心配でたまらない気持ちもわかる。

「でも、このままだと帰れないですよ」

彼はそれに返事をせず、肩を震わせたかと思うと顔を上げた。

「あんたたちはいったいなんなんだ。俺を帰す気がないなら、ほっといてくれ」

吐き捨てるような口調だった。だがそう言った瞬間、テーブルに突っ伏してしまう。

「疲れた……もう、疲れた」

ぶつぶつとそんなことをつぶやいている。ノエさんはその肩をポンポンと叩く。

「少しお休みしてらして」

彼はうなずき、椅子に横になった。

私はため息をつく。余計なことをしたみたいだ。あとは二人にまかせた方がいいだろう。

「ごちそうさまでした……」

もごもごとお礼を言って、店を出る。

ノエさんは、どんな人でもなんとかして生き返らせたい人なのだ、と秀晴さんから聞いたことがある。悪人であっても、病気でボロボロの人でも、もう死にたいと願っている老人でも。

だから、ああいう人でもきっと彼女がなんとかしてくれるんだろう。私に方法などわかるはずもないし……。

とりあえず、家に帰ろう、と一歩踏み出すと、つばめからかなり離れた道の真ん中に、また門が現れていた。突然。さっきはなかったところに。

家と反対方向だったが、少しだけ門に近づいてみる。すきまから、黒い影がはみ出ようとうごめいているのが見えた。

何度か遭遇しているので、怖さは薄れた。でも一応、影につかまらないように見守るだけにしておく。

長くここにいると、死の世界の近くにいることになるから、生き返る気のある人でも門に引き込まれてしまうらしいが、そんな気配はない。そこにあるだけ、という感じだ。自分に入る意志さえなければ、無縁のものみたいな。

そういう体質（？）の私にとって、この街は居心地がいい。暑くもなく寒くもなく、何か起こるようでいて起こらないこの街は、ぬるま湯のような世界だ。

永遠にいることは、可能だろうか？

どこかにそうやって存在している人も、この街にはいるかもしれない。

自分が最初のそういう人になったってかまわないはずだ。ここに管理人？　みたいな人がいて、その人が「ダメ」と言ったらダメなんだろうが、いないし、会えないし、見つからないし。「人」じゃないかもしれないし。

とはいえ、生きるのが怖いのと同時に、それを選択するほど思い切れない自分もいる。

またため息をついて帰ろうと歩き出すと、つばめの戸が開いた。さっきの男性がふらふらと出てくる。続いてノエさんとりょうさんも。なんだか後ろの二人はあわてているようだ。

ノエさんたちは、道の向こうに門があるのに気づいて、彼の腕を取り、店の方に引っ張っているが、なんとずるずるとひきずられていくではないか。

思わず駆け寄り、彼らにすがりつく。さっきよりもずっと強い力で、彼はぐんぐん門へ向かっていく。

「止まって、帰れなくなるよ！」

さっき言った言葉をくり返したが、彼は止まらない。ノエさんとりょうさんも声をかけるが、まったく耳に入っていないようだ。すごい力で腕を振り放そうとする。

「沙耶さん、離れて！　あなたまで門に入ってしまうわ！」

でも、私が手を離すと二人がひきずられていく。もう一度引っ張るが、門から黒い影がうねうね伸びてきた。彼と私、両方に長い腕をからませようとするように。

「沙耶さん！」

ノエさんが私の手をはずそうとする。抵抗したが、彼に振り払われて、地面に転がってしまった。

どうしよう。どうしたらいいの？　門っていったいどこから出てきたの？　どうやったら消せるの？

ここまで近づいても、影につかまらない限りはまったく大丈夫なのに！

「あっ！」

私は立ち上がり、影を避けながら門の横に回った。高い鉄の門は、とても平べったい。

「とうっ！」

私は横から門を蹴飛ばした。ドロップキックしてみたい、と一瞬思ったが、うまくできないと困るから、普通に蹴った。

鉄の門はガシャーン！　と派手な音を立てて盛大に倒れ、すうっと消えていった。同時に、揉《も》み合っていた三人が路上に倒れる。

「強いわ……」

ノエさんがつぶやく。

「こんなん初めて見た」

りょうさんは驚きというより、呆《あき》れたように言う。

「沙耶さん、早く生き返りな」

「もう少し悩みたいんですよ」

男性は、まだ立ち上がれないようだった。道路の上でうずくまって泣いている。

「帰りたい……帰りたいのに……どうして……」

彼にもあの門の意味が、わかっているのではないか？

「望みを叶《かな》えてあげたら？」

「もちろん生き返ってもらいますよ」

「違いますよ、門の向こうに――」

「それはダメです」

ノエさんはぶんぶん首を振る。

「どうして？　どうしてノエさんは、そんなに生き返ることにこだわるの？」

いいことなんだろうけれども、なんかこう——このまま死んだ方がいいって人だって、いないわけじゃないと思うのだ。

ノエさんはいったん答えようとしたのか口を開いたが、そのまま固まったようになった。

「沙耶さん」

りょうさんはノエさんの肩をぽんぽん叩いた。それでも力は抜けない。

「ノエがこの男性と同じくらいの歳で亡くなったっていうのは知ってる？」

「あ、はい。キクさんから聞いたと思います」

「君もまだ若いけど、ノエだって充分若かったんだよ」

ノエさんがりょうさんに目を向ける。

「思い残したことが多すぎてつらすぎたんだ。だから、そんな思いを誰にもさせたくないんだよ」

どうしてりょうさんが当事者のように説明してるの？　それはノエさん自身も気づいたらしい。

「いつも思うけど、あなたはどうしてわたしのことをそんなに知っているの？」

「どうしてだろうね？」

そう言いながらもりょうさんの目は優しく、その笑顔はノエさんにだけ向けられていた。

なんだかうらやましい、と思った。

　男性はまだ泣いていた。

「帰りたいのに……」

　そう言いながら。

　この人も迷っているのだ。でもその迷いは、私よりもずっと根深そう。「帰りたい」って言ってるのに、死にたがっているのがバレバレって……。

　それでも生き返らせてあげたいと思うノエさんの気持ちもわかる。

「どうするんですか、この人?」

「つばめにいてもらうしかないですね」

　ノエがため息をつく。

「どこか建物の中にいれば――」

「でも、さっき見てたら、勝手に飛び出したみたいでしたよ」

「まあ、そうだね。いきなり立ち上がって、さっさと出ていっちゃった」

「つばめにいるにしても、誰かが見てないといけないかもしれません」

「じゃあそれ、あたしがやりましょうか?」

　りょうさんとノエさんが驚く。

「え、そんなことしなくていいよ!」

「でも、今みたいなことはあたししかできそうにないし——あたしはいつもこの街にいるし」

　街をウロウロしても、全然死んだ人を見つけられないし。

「それに、ノエさんたちじゃ止められないじゃないですか」

「まあ、わたしたちは門に触ると入ってしまうので。入っても死んでいるからなんともないんですけど」

　さらっと怖いことを言う。

「秀晴なら引き戻せるかもしれないけど、あいつは生きてるから、なるべく門に近寄らせたくないんだよな」

　この街の仕組みは、いまだによくわからない。

「じゃあとりあえず、生き返るまではあたしが付き添います」

　ノエさんはまだ少し躊躇《ちゅうちょ》しているようだったが、やがてあきらめたように、

「ありがとうございます」

　と頭を下げた。

「マメにつばめにはいらしてください」

「はい、わかりました」

　私は、道路に座っている彼に声をかける。

「あなたの家じゃないけど、とりあえず帰ろうか」

ぐしゃぐしゃの泣き顔を上げて、彼は私を見た。確かに中年男性なのだが、その顔は子供のようにも見えた。

彼は無言で立ち上がり、歩き始めた私の後ろについてくる。それを見守るノエとりょうさんの視線を感じながら、家への道をたどった。

家に着く頃には、彼の涙は止まっていた。といっても、まだ半泣きのようではあった。

「桜、きれいでしょ?」

ほらほら、と指し示すと、少しだけ目をくれたが、あまり関心はないらしい。

「どうぞ」

「……お邪魔します」

小さな声だが、そう言って彼は玄関に入った。

二階の居間に通す。

「座っててください」

おずおずとラグの上に正座をした。パステルな色合いに灰色のジャージが目立つ。

下の台所でお茶をいれ、戻ってくるとまだ彼はそのままの姿勢だった。

「お茶、飲んでください」

と出してあげたが、やはり見向きもしない。

「あの、一応自己紹介しますね。あたし、石井沙耶といいます」

「……大浪隆一《おおなみりゅういち》です」

二人でぺこぺこ頭を下げ合う。しかし、そのあと沈黙が流れる。

「えーと、この家は……？」

隆一さんは気まずそうに曖昧な質問をしてくる。

「ここはこの変な街でのあたしの住処《すみか》です」

「普通の家ですね……」

そう言ってキョロキョロする。少し力が抜けたか？

「あ、なんか、助けてもらったみたいで……ありがとうございます」

「いえいえ」

「しかも二度も……」

「いいんですよ」

再び沈黙。

「あっ、あの、何か訊きたいことあったらなんでも訊いてください。答えられる範囲で答えます」

たいして答えられないくせに、大口を叩く。

「え、じゃあ、あのー……僕が死んだっていうのは本当なんですか？」

ええー、これなら答えられるけどー、

「本当です」

なんだか罪悪感。隆一さんは、やっぱりショックを受けた顔をしているし。

「あの、あたしもそうですから——」

大丈夫です、とか、心配しないで、と続けてもなんと虚しいことか。

「え、あの人たちもそうなんですか？」

「ノエさんたち？」

「あ、そうです、つばめとかいう店の人」

「あの人たちはもう死んでる人たちなんです。あたしはあなたと同じだけどちょっと変わってて、えーと、まだ生き返ることに迷ってる人間で——だから、この街に居候《いそうろう》してるんです」

今の状況は、まさに居候としか言いようがない。

「……生き返れるってほんとなの？」

「証明する手だてはありませんけど、あたしはなんとなく本当だって信じてます」

何人か生き返った人を見ているが、あれが幻だと思っていたら、自分が街に居候している意味はない。

「僕も生き返れるんですよね？」

また難しい質問を。

「ええと……なんか厳しいらしいですよ、あなたは」

「どういうこと？」

「何か食べないと、ダメなんですって」

いいかげんな説明だな。他にも方法はあるらしいが、かなり確実で時間短縮にもなるのが食べることなのだとノエさんに教えてもらった。

「さっきからお茶をすすめられても飲まないし、何も食べたくないって言ってたから——」

「じゃあ、食べます。というか、お茶をいただきます」

彼は湯のみに手を伸ばそうとしたが、ピタリと動きが止まる。じっと見守っていても、動かない。え、どうしよう？

「あ、な、何か作ってきますね」

目の前に料理があれば食べる気になるかもしれないし、食べられるようになるかもしれない。

急いで台所へ降りた。私は、冷蔵庫の残り物で食事を作るのが得意だ。といってもこの冷蔵庫は、あるにはあるが、使ったことがない。開けてもいない。何が入っているのかも知らない。

えいやっと開けると、冷蔵庫の中にはたくさんの新鮮な食材が詰まっていた。うわ、すごい。なんでも作れるな。ちょっと楽しい。

でも、ここは想像すればなんでも出てくるって言っていた。ということは、これをちまちま料理しなくても、出来上がった状態を想像すれば——。

と完成した味噌汁《みそしる》を思い浮かべたら、鍋とともにコンロの上に現れた。熱々で香り高いネギと油揚げの味噌汁だ。

いいなあ、こういうの。夜中に叩き起こされて両親のお客さんのためにおつまみを作る時はつらかった。眠くて包丁で指を切ったりもしたし。

あの時、想像だけで用意できていたら——後片づけも必要ない。勝手に皿はなくなるはず。

でも、料理を作るのはきらいではなかった。小さい頃の舞が、私の料理を喜んで食べてくれた時や、お弁当のおかずを美苗にほめられた時もうれしかった。

その時のことを思い出しながら、手早く食事を作った。牛肉とごぼうの炒めものと、もやしとにんじんのナムル風サラダ。味噌汁はコンロに現れたもの。

盛りつけ、トレイに並べて二階へ向かう。

隆一さんは、まったく変わらない体勢のまま、じっとしていた。湯のみが動いた気配はない。

まあ、とにかく、食べられればいいんだから。

「どうぞ」

トレイを彼の前に置く。ほっと彼の身体の力が抜けた。

「――いただきます」

隆一さんは箸を手に取り、そうつぶやいた。ごはん茶碗を手に取ろうとするが――やはり動きが止まる。

炒めものも味噌汁も、ほわほわとおいしそうに湯気を立てている。サラダもゴマの香りが香ばしい。自分で作ったものなのに、自分で食べたい。

だが、隆一さんは動かない。ずーっとトレイの上の料理を見つめていたが、やがて、

「ダメだ」

そう言って、箸を置いた。

「全然食べる気がしない。なんでだ」

「食べたいとも思わないんですか？　おいしそうとかは？」

自分の料理なのでちょっとおこがましいが。

「いや、目の前のものがなんだかよくわからないんです。ぼんやりしているというか、モザイクがかかってるみたいで――」

料理がヤバいものに思えて、ちょっと複雑。

「それは……まるで拒否してるみたいな見え方ですね……。匂いはしますか？」

「いや……全然しないな。君はするの？」

「しますよ。普通に」

料理している間も、生きている時と変わりなくいい匂いがしていた。

「なんにも匂いしないんですか？　つばめで出されたコーヒーとかは？」

「しなかった……」

「外を歩いている時は？」

太陽がないとはいえ、花は咲き、風が吹く。そういう空気にも、ここはちゃんと匂いがあるのだが。

「わからなかった……」

隆一さんはトレイに顔を近づけてくんくんするが、

「何も匂いがしない」

顔を上げた時の彼の顔は、悲しく歪《ゆが》んでいた。なんと言ってあげたらいいのかわからず、
二人でそのまま黙りこくる。

「帰りたい気持ちに嘘はないんだ……」

しばらくして、隆一さんが言う。搾り出したような声だった。

「母を一人にできないって気持ちは絶対にあるんだ」

そこまで家族を大切に思う気持ちが、私にはわからない。大切にしてもらわないとそういう気持ちってわからないのだろう。

「なのに、俺はそんなにいやなのか……。生き返るのが……。口では『帰りたい』ってあんなに言ってるのに」

彼はうつむき、肩を震わせる。

「あの……そんなにひどい生活をしていたんでしょうか？」

おずおずとたずねる。その質問への答えも、長く時間がかかった。

「ひどい……ひどい、か……」

そうつぶやきながら、考えをまとめたようだった。

「いや、そうでもないと思う。俺の人生は、人並みです。いやなこともつらいこともあったけど、別にそれが他の人よりひどいってわけでもない」

隆一さんは、訥々《とつとつ》とこれまでのことを語りだした。

「父は小学生になった頃に亡くなっています。以来、母が女手一つで自分を育ててくれました」

貧しかったが、母親は愛情深く、教育にも熱心だったので、彼は大学まで進んだ。その後、大企業に就職。東京の本社に勤めていたそうだ。

田舎《いなか》に住む母も、堅実に働きながら一人暮らしをしていたが、ある日転んで足や腰を骨折し、介護の必要な身体になってしまった。

「その頃、僕は結婚してたんですけど、介護に関しての意見が妻と分かれたんです。まず住んでいる土地が離れているので、通っての介護は無理、というのは一致したんですが、その先です」

子供を欲しがっていた妻は、このまま東京に住んで子育てがしたいと言い、彼は田舎に帰って母の介護を自宅でしたいと言った。

「妻は通える距離の介護施設に入れればいい、と言いました。そうすれば二人で協力しあえるし、彼女の独身の頃の預金を出すから、いい施設を探そうとも」

「奥さん、いい人そう……」

「そうです。子供がいれば、そっちを選択したかもしれない。まだ前の会社にも勤めていたでしょう」

「子供がいないことは、そんなに違うことだったんですか？」

「……不妊治療をしようかと言ってた頃だったから。原因は……両方にありました」

とても言いにくそうに、隆一さんは打ち明けた。

「不妊治療も金がかかるので、彼女の預金を僕の母に使うのは忍びない、と思っていたところもあります。それに、母は施設に入らないで、一人暮らしをしたいと言ってました。

地元の友だちもいるるし、父が建てた家を守りたいと思っていたんです。そして僕は、ずっと一人だった母をこれ以上放っておくことができなかった。これがきっかけになって、僕は妻と離婚して、田舎に帰りました」

「えー、そんな……」

「いや、彼女にはそれは結局よかったんです。二年後に再婚して、今は子供にも恵まれています」

人生経験が少ない私は、なんと返事をすればいいのかわからない。誰も悪いとは思えなかった。彼の妻は、隆一さんとの子供を産んで、自分の家族を作りたいと考えていたことだろう。でも、自宅介護はどうやったって負担がかかる。いい施設はお金がかかる。

「転職して田舎に帰ったんですが、一人で帰ってきた僕に、母は毎日のように謝ってばかりでした。僕は、母に相談せず一人で決めたから……母にはかなりショックなことだったらしく……」

「ええー、それは――」

「相談したら、絶対に『帰ってくるな』って言うに決まってるんです。自分よりもいつでも子供のことを優先するから。一人で不自由な身体を抱えて、田舎で暮らさないといけない。半身麻痺《まひ》のようになった母は、もう車の運転もできなかったから、買い物にも行けないんですよ！」

隆一さんはちょっと興奮したように、テーブルを掌で叩いた。

「でも、それから母は、『自分の怪我《けが》のせいで、息子を不幸にした』といつも泣くようになってしまった。

『そんなことないよ』

と言ってるけど、信じてない。けど正直、結婚してから、仕事が忙しかったりなんだりで、実家にあまり帰らなかったんで、罪悪感というのもありました。近くに住んでいれば手当も早くできて、後遺症も残らなかったかも、と思ったり」

家族は家族で看《み》てやりたい、という気持ちはわかる。わかるけど……それと「誰かが犠牲になる」というのは同じではない。彼の母は、息子にそれを強いたと思ってしまったのだ。

「母の不安を取り除くために、なるべくそばにいるようにしました。田舎に帰ったことが、かえってよかったことだ、と思ってもらえるように」

「お母さん、それで元気になりましたか？」

「……それがそうでもなくて……」

隆一さんはがっくりと肩を落とした。

「頭ははっきりしているんですが、だいぶ弱ってきています。それに、全然笑わなくなってしまって」

彼のお母さんは、息子への罪悪感を消化しきれていないのだ。

「だから、母より先に自分が死ぬなんて、思いもしなかったです」

「この街に来る前のこと、憶えていますか？」

「多分、階段から落ちたことで死んだんですよ、自分は」

まるでひとごとのようだが、きっと私もこんな感じだったんだろう。

「朝、起きて二階から下に降りようとした時、上から下まで落ちたんです。その時は一瞬気絶しただけですぐに目が覚めました。擦《す》り傷はありましたが、そのあとはけっこう普通だったんです。音に気づいた母にも本の入ったダンボールを落としたとごまかして。でも、昼頃にものすごく頭と胸が痛くなってきて、ちょっとソファーに横になって――そのあと、ここにいました」

「それは……お気の毒でした……」

「いや、いつかこうなるんじゃないかと思ってました。だから、一階で寝た方がいいなって思ってたんです。ずっと夜眠れなくていつもぼんやりしてて、よく足を踏み外してました。もう何年にもなります」

会社で働き、家に帰って介護、という生活を休みなく続けていたら、次第に眠れなくなってきたという。

「何かきっかけがあったとかそういうんじゃなく、いつの間にかでした。会社の仕事も忙しかったし、家に持ち帰ることも多くて、徹夜が続くこともしばしばで。そういう時は全然眠れないので、母のつきそいで病院に行った時に、入眠剤を出してもらっていました」

その後、不況で会社をリストラされたという。不安でますます眠れなくなったというが、

「それでも、保険と母の年金と自分の貯金があったので、なんとかなるだろうと思っていたんですが……金がないって状況は、精神を本当に疲弊させる。気分がふさいでいたんで、それにも気づかなくて……やってることは、今までと変わらないし、自分も働いていないから、疲れているわけないって思いこんでて、誰にも頼らなかった」

私も祖母の介護をしてきたけれども、両親から情報をシャットアウトされていたような状態だったので、たとえばヘルパーさんに来てもらうとか、施設に短期間預かってもらうとか、自宅で介護するにしても家族が楽になる方法のことは知らなかった。むしろ、楽をするのは悪だと思わされてきた。全部自分でやることが家族なんだと。そう言われながら、両親や妹はまったく手を出さなかったことには気づかなかった。

「公的な援助にも頼らなかったんですか？」

「視野が狭くなってたんで……思い至らなかったんだね。男だから、力仕事での負担が少なかったし。精神面のことなんて、よくわかってなかった」

ふっと隆一さんは自嘲気味に笑った。

「生まれ故郷なんですよね？　お友だちとかは？」

「僕の友だちは、みんな田舎を出てしまっていた。残っていたのは、僕をガキの頃にいじめていた連中ばかりだったよ。それがいやで、俺も含めて出ていっていたんだ」

……なんとリアクションしたらいいのやら。

「中学の頃のヒエラルキーがそのまま残っているような土地でね。いじめられっ子は逃げるしかない。でも、俺は戻ってきた。地元の企業のつながりにも、子供時代の関係が影響することもある」

それって、まさかリストラにも何か影響があったってこと？　私のあっけに取られた顔を見て、隆一さんは軽く首を傾げた。

「母はもちろんそれを知らない。昔いじめられてた時だって、言わなかった。毎日朝から晩まで必死に働いていた母に言えるわけないでしょ？」

それだけ愛されていたから、言えなかったのか。

なんか、どっちがいいんだろうか、と思うと、悲しくなってきた。

「どうしたの？　そんな、君が泣かなくてもいいんだよ」

「いえ……ごめんなさい、自分のことで泣きました」

「なんで？」

「比べるのもおこがましいですけど——」

と私は、彼に自分のことを話した。身の上話じゃんけんかっ、と一人でツッコむ。初対面の人にすぐに話せるとは、思ってもみなかった。

「それはひどい！　君は子供だったんでしょ！　そんな子供にいろいろなことを押しつけるなんて」

隆一さんは思いがけず怒ってくれた。

「僕は大人だったから、自分の意志で帰ったし、母が苦労したのだって死んだ父のせいじゃない。でも、君の苦労は両親のせいだ」

そう言って、彼は突然黙った。

「自分が帰りたくないのは……やっぱり母のせいだと思ってるからなのかな」

手つかずの食事に目を向ける。

「帰っても、結局同じことのくり返しはもういやだと思ってるからなのかな」

そんな気持ちがないと言う方が、不自然なんじゃないかと私は思う。

「自分だけ幸せになるのは許せない、と思って田舎に帰ったのは、単に自己満足だったのか……」

「親孝行がしたかったんでしょう?」

私はそれがどんなものかさっぱりわからないのに、そう言った。

「母を笑えなくしといて、親孝行も何もないよね。最近よく言ってた。『早く死にたい』って。そしたら、お前ももっと幸せになれるって。そんなこと言わないでくれって言うと、泣くんだ」

　隆一さんはそう言って、また泣いた。

「なのに、こっちの方が先に死ぬなんて……しかも、生き返りたくないってほんとは思ってるなんて、ひどいよね」

「ひどくないですよ、多分」

　自信がないまま、私は言う。

「ここは死ぬか生きるかしか選べない。誰でもどちらかしか選べないんです。ここに来られない人よりは幸運だけど、来られなかった人がひどいわけじゃないでしょ。優劣なんてないですよ」

「そうかな……」

「そうですよ。あたしなんて、生きるのが怖いです」

「どうして?」

「自分の意志がなかったから」

　一人で生きるのが、怖い。いまだに。いいかげんにしろよ、と自分に言いたいくらい。

「生き返りたい人にとっては、これだってひどいってことになりますよ」

「そうかもしれないけど、俺はそうは思えないよ……俺だって、生きるのがつらいって思ってたから、生き返れないんだろうし」

「ここにいれば、少なくとも死ぬことはないですよ！」

「でも、あの門が出てきたら、入っちゃうかもしれない……」

「門はとりあえず、あたしがなんとかします」

隆一さんは、しばらく私を呆然と見つめていたが、やがてプッと吹き出した。

「すごく勇ましかったね、さっき。門蹴った時」

「見てたんですか？」

てっきり見逃したかと。

それにしても、勇ましいなんて言われたのは初めてだ。暗いだの、おとなしいだの、覇気がないだの、幸薄《さち》そうだのしか言われてこなかった。

ここにいることで、少しは私も変われるんだろうか。


その日は、私は自分の寝室で、隆一さんは居間にふとんを敷いて寝た。

門が家の前に出てきたりすると、彼が行ってしまうかもしれないので、私は結局眠らないでいた。全然支障がないのがありがたい。

彼は、ふとんの中で泥のように眠っていた。気持ちを全部ノートに吐き出した時、私もこんなふうに眠ったなあ、と思う。

目覚めれば、何かが変わるかも。

でも、私はまだここにいる。迷う人には時間が必要なのだ。

あるいは、心を変えるきっかけが。

私には、まだ何もない。

窓から遠くを見ると、道路の真ん中にあの鉄の門が見えた。誰かを待つように、扉を開けて、たたずんでいた。

また蹴飛ばしてやろうか。

そう思って、じっとにらみつけていたら、門は静かに消えていった。


彼が目覚めてから、また食堂つばめに行った。

「おはようございます」（朝じゃないけど）

四人全員がいたので、隆一さんを紹介する。

「秀晴さんは、生きている人なの」

おなじみの説明と、キクさんの美少女ぶりと年齢のギャップに、隆一さんは目を白黒させる。

「沙耶さん、朝食召し上がりますか？」

私が「おはよう」と言えば朝食、「こんにちは」と言えば昼食、「こんばんは」と言えば夕食を出してくれる。よく考えると、贅沢なシステムだ。

「はい、お願いします。隆一さんは？　お腹減ってます？」

「いや……食欲はないな……」

「とりあえず二人分用意しますね。おまかせでかまいませんか？」

「はい」

ノエさんとキクさんは奥に引っ込み、すぐに大量の朝食を持って出てきた。ほとんどビュッフェ状態だ。和食も洋食もごちゃまぜ。

私は、カリカリのトーストに半熟ハムエッグや、熱々のオイルサーディンを載せて食べた。ごはんには、少し温めた豆腐と薬味と玉子の黄身を載せて、醤油《しょうゆ》とゴマ油をかける。味噌汁はあさり。そら豆のスープもいただく。ヨーグルトには果物とジャムを加えた。その合間に、野菜たっぷりのスムージーも。

それらをもりもり食べる私と、隣のテーブルに並んでいる料理各種を見比べながら、隆一さんは苦々しい顔をしていた。

「食欲は湧きませんか？」

「湧かないなあ」

「お茶やコーヒーを飲む気もない？」

一応、彼の前にはコーヒーカップが置いてある。

「ないね」

「おかゆもありますよ」

ノエさんが気をつかってくれる。

「ありがとうございます。でも、別に病人じゃないんで」

「あ、おかゆもおいしそうですねー」

と、追加を頼む私。

とにかく食欲が爆発しているのに帰る気持ちがあまりない私と、彼の違いはなんなんだろう。母親への罪悪感だろうか。

でも、少なくとも彼には、待っている母親がいる。

私は帰っても、誰もいない部屋で一人暮らすだけだ。一人の自由はあるけれど、家族をなくしたし、友だちもいない土地で、仕事も見つけなくてはならない。

私の方が帰れないのならわかるのに。どうして私は、いつでも生き返ることができるなんて言われるんだろう。

「お好みの料理はなかったですか？」

ノエさんが、隆一さんの前の空っぽの空間を見て言う。

「どうやったら食べられるようになりますかね？」

私はノエさんにたずねる。

「うーん……今までやっていたこととしては、地道に説得するってことと、少しでも食べることに興味を持ってもらうために、その人の思い出の味を聞き出すことでしたね」

それがわかっていたから、ビュッフェスタイルにしたのだろう。いくつかの料理の中から、なんでもいいから好きなものを選べるように。

「思い出の味……。なんですか?」

隆一さんはしばらく考える。

「考えないと出てきませんか?」

ノエさんの問いに、彼は、

「いえ、普段だったらすぐに出てくると思います。一番の思い出の味と言ったら、父の料理なんです。それを忘れるはずはないのに……」

隆一さんは頭を抱えて考えていたが、

「あーっ、浮かばない!」

とくやしそうに言った。

「少しずつ思い出していきましょう」

ノエさんは優しい。でも、私は知っている。「帰りたくない」「死にたい」と言う人にノエさんは基本的に厳しい。帰らない私と生き返れない隆一さんに優しいのは、単純に死を選んでいないからだ。

「お母さんじゃなくて、お父さんなんですね」

「たった一つだけ憶えている味なんだ。そのはずなんだけど――」

くやしそうというより、悲しそうな顔になってきた。

「母親の味でもいいのかな」

「もちろんですよ」

だが、それも具体的な料理名は出てこなかった。かなり悩んだのだが。

「じゃあ、お弁当を作りましょうか。松花堂《しょうかどう》の豪華版みたいな」

ノエさんは、中が六つに分かれた重箱をいくつも奥から取ってきた。

「ここに好きなおかずやおにぎりを詰めて、持って帰ったらいかが？」

「楽しそう！」

キクさんが喜んで、さっそく詰め始めた。私もテンションが上がる。

「食べ放題みたいですね！　行ったことない！」

「ええっ、ほんとに？」

男性陣が驚く。

「だって、少食だからあまり食べられないし、一人で行くところでもないでしょう？」

「まあ、そうだけど……」

生き返ったら行ってもいいな、と少しだけ思った。それくらい、弁当箱に詰めるのは楽しい。前菜やメインと箱を分けたり、色合いや素材などを合わせたり。仕切りが狭いなりに盛りつけのセンスも問われる。

「隆一さんも、詰めるだけでもいかがですか?」

と声をかけたが、彼は首を振った。やはりちゃんと見えないらしい。

結局、五人でわいわいと詰め放題したあげく、八段重ねの超豪華弁当ができあがった。ただし、一つはおにぎり、一つはデザートのお重だ。あとは一人ずつ好きなおかずと、ノエさんが隆一さんのために詰めたお重で、計八段。

巨大な風呂敷に包んでくれる。なんだこれ。台車いるだろっていう大きさだった。

「ピクニックに行きたいところねー」

自分が食べるわけでもないのに、キクさんは踊りだしそうなくらい、上機嫌だった。でも、

「門が出るから、やめといた方がいいのよね……」

と続けて、しゅんとしていた。かわいい。

「お口に合うかどうかはさておき、何か気になるものがあったら、どうぞつまんでください」

ノエさんが風呂敷を隆一さんに押しつける。

「あ、ありがとうございます……」

それを持って、私の家に帰る。すごいなあ、ずっとあったかい。でも、湿気《しけ》らない。

「これだけあれば、何か一つくらい思い出の味があるかもしれませんね」

ダブっているおかずは一つもなかった。

お茶をいれて、テーブルに重箱を広げる。華やかで、とてもおいしそう。外の桜と相まって、花見弁当そのものだ。

だが、隆一さんは唸《うな》る。

「どれも同じに見える……」

それを聞いて、ちょっとがっかりする。

「じゃあ、一つずつ分けてみましょうか」

肉じゃがを小皿に載せて、彼の前に置く。

「これはなんでしょうか?」

隆一さんは、小皿を手には取らなかったが、じっと見つめ、くんくん匂いを嗅いだ。

「……わかりません」

うーん、やっぱりダメか。

「これは肉じゃがです。お母さんは作ってましたか?」

たいていのお母さんは作るのではないだろうか。

彼は目を閉じ、それは苦しそうに考える。訊いたこっちが悪いと感じるほど。

「ダメだ、わからない……」

大きなため息をついて答えた。

「思い出の味とか以前の問題だよ、多分」

そうなんだろうか？

「俺は、そんなに生き返るのがいやなのか……そんなにあの生活がつらかったのか」

隆一さんは再び落ち込む。

「割と自分では悪くない人生だと思っていたのに……妻には悪いことをしたと思っているけど、結局、彼女だって欲しかった子供を持てたわけだし」

「『そんなに悪くない』って思わないといけないみたいに考えてません？」

「帰らなきゃいけない」みたいな。

「そう……かもね」

「自分の思ったとおりの人生じゃなかったって思います？」

「そりゃそうだよ。人生は思い通りに行かない。俺をいつも裏切る。でも、後悔はしないって決めてるんだ」

「どんなにつらい人生でも？」

「そう。でも、俺の人生はそんなにつらいものじゃない」

思わぬ激しい口調だった。

「少なくとも、君よりは」

彼はそう言った。

なんとなく胸がざわつく。隆一さんは私を哀れんでいるのだろうか。それとも、純粋に悲しんでくれたのだろうか。比べる対象としか見ていないんだろうか。

このざわつく気持ちは、あまり憶えがないものだった。昔から、あまり感情を外に表さず、表情の乏しい子と言われていた。喜怒哀楽がまったくなかったわけではない。自分の中ではちゃんと持っているはずだった。

でも、美苗が言っていた。

「沙耶はほんとに怒らないね。もっと怒っていいんだよ」

すごく小さい頃は怒っていたんだろう。でも、いつの間にか忘れてしまったのかもしれない。両親の喜ぶ顔が見たくてがんばり、家のことをいっしょうけんめいやった。失敗して叱られても、「自分が悪いんだ」と思って、怒らなかった。

怒ってもしょうがないからね。

美苗には、確かそんなふうに答えたのだ。

私は、怒ることをあきらめていた。

その時、気づいた。私は、生きるのが怖いんじゃない。生きることをあきらめかけている。

だって何したらいいかわからないし！　やりたいこともないし！

あきらめた方が楽だと、刷り込まれているから。

私は、やっと心の奥から、怒りを掘り起こしていた。

「あたしだって、そんなにつらくないですっ！」

悲鳴のような声に、隆一さんは飛び上がるほど驚いた。

「だってあたし、まだ二十五ですよ！　まだやり直しがききます」

その言葉に、隆一さんはむっとした顔になった。

「悪かったね、年寄りのひがみで」

「歳なんて関係ないでしょ！」

「それは若いから言えることなんだよ」

「それは言い訳です」

きつく言ってみた。実際、ここにいる私たちの言うことなんて、みんな言い訳なのだ。

隆一さんはむっと押し黙った。

「やり直しったって、別に今までを否定したわけじゃないですよ」

そう言って、また母の言葉を思い出した。母が私を否定したのは、自分の過去を否定したということだ。それでは、本当のやり直しにならない。

母は、過去を捨てることで完璧を得ようとしたけれど、実際は欠け落ちた部分から目をそらしていただけなのだ。

「……でも、戻ったらまた一人なんだよ」

ようやく隆一さんが答えた。

「お母さんがいるじゃない」

「母には頼れない」

それもいけないのかも、と思ったりする。

「親戚は？」

「縁が薄くて、誰もいないんだ」

「お友だちに連絡すれば？」

「あいつらは遠いところに住んでいるし、自分と家族のことで精一杯なんだよ」

「そんなこと思ってたから、こんなことになっちゃったんでしょう？」

私のきつい言葉に、隆一さんはひるんだようになった。

「頼れる人なんて、そんな簡単にはいないんだよ……」

それでも、そんなに悪くない人生だって思い込もうとしているの？

「頼れる人ってどんな人？」

「具体的にどうこうじゃないんだよ……。そりゃもちろん、介護や家のことを手伝ってくれたら助かるけど、たまに話を聞いてくれるだけでもいいんだ。いざという時に、駆けつけてくれると思えるだけでいい。何もしてくれなくてもいいんだよ。俺は一人じゃないって思わせてくれる人が、いればいいんだ」

「友だち……？」

「どんな関係でもいいんだって……もう、一人はいやなんだよ……」

隆一さんは、再び泣きだした。

一人は自由だけど、怖いことでもある。しかも彼は、自由というわけでもない。

そうか。実家にいた頃の私と似てるんだ。家族と暮らしていても一人で、自由もなかった。それに気づけなかった。考えることを拒否していたから。

そして今は——何をしたらいいかわからない、やりたいことがない、と思っているけれど……それってつまり、なんでもできるってことだよね？　たとえば、ウエディングドレスで芝生に寝転がることだって！

「わかった」

私はとっくの昔にわかっていたのだ。

「あたし、生き返るよ」

「えっ⁉」

隆一さんが顔を上げる。

「生き返って、手伝いをしてあげます」

目の前にあることをやればいいじゃない。

「介護はお祖母ちゃんのをやってたから、だいぶ手伝えると思うよ」

「ほ、ほんと⁉」

彼は子供のような顔で驚いていた。

「生き返ったら訪ねるから、住所を教えて」

「本気で言ってるの？」

「これも何かの縁でしょ。あたしは仕事もしてないし」

「……給料なんて出せないよ」

「ボランティアですよ。あるいはお友だち価格。何かおごってもらうとか」

そういうこと、したことないし。

「ほんとに、本当に来てくれるの？」

「行きますよ」

友だちのために駆けつけるなんてことも、したことがなかった。駆けつけてもらったことはあったけど。

それがあるだけ、幸せかも、と今は思える。

「ここに住所、書いておいてください」

日記ノートの最後のページを差し出す。隆一さんはスラスラと住所と電話番号を書いた。きれいな字だ。けっこう距離がある。ちょっとした旅行だ。私の実家からも遠い。

よかった。

「よかった……よかった……」

彼はまだ泣いていた。

「俺は一人じゃない……」

「泣かないでくださいよ」

彼は何度もうなずきながら、無意識にテーブルの上の湯のみを持った。

「思い出した、急に」

「何？」

「父親の得意料理は——ホットプレートで作る焼きうどん」

そして、お茶をぐいっと一息に飲み干した。

「——うまい」

お茶を飲んだよ⁉

「こんなうまいお茶は、初めて飲んだよ」

そう言うと、あとかたもなく彼はかき消えた。


「ノエさん！」

私はあわててつばめに駆け込む。まだ四人がそろっていた。

「なんでしょうか？」

「隆一さんが、目の前で消えちゃった！」

私のあわてようとは対照的に、ノエさんはおっとりあっさり、

「あ、生き返ったのですね」

と言った。

「あんなに突然、消えるの⁉」

「消える時もあります」

この店に来た人たちは、どこかに連れていってもらったり、いつの間にかいなくなったりしていたが――みんな生き返り方は違うのか。

「あ、じゃあ、別に……大丈夫なんですね？」

門に吸い込まれたのかと。

「隆一さんは、何か食べたり飲んだりしましたか？」

「お茶を飲みました」

「何か言ってました？」

「『こんなうまいお茶は、初めて飲んだよ』って言って、消えました」

「じゃあ、大丈夫ですね。彼はちゃんと生き返っていることでしょう」

「よかった～」

「でも、どうやって説得したの？」

秀晴さんがたずねる。

「あのー、あたしが生き返ったら彼の家に行って、手伝ってあげるって約束したんです」

私の言葉に、ちょっと空気が変わった気がした。

「そんな約束しちゃったの」

りょうさんが頭を抱える。

「はい」

「言ったでしょ。ここのことは忘れてしまうかもしれないって」

そう言われて、はっとする。忘れていたわけじゃない。あの時、本当に手伝いたい、彼のそばにいてあげたいと言ったのは、心からの言葉だ。

でも、あんなに急に消えてしまうとは思わなかった。しかも、もう生き返ってしまったなんて。

「このノートは、持って帰れないんですか？」

隆一さんの住所が書かれた大学ノートを見せる。

「無理です」

みんながいっせいに首を振る。

「じゃあ……あたしが憶えていることに賭けるしかないってことですか？」

「そうですけど、まあ——」

ノエさんが秀晴さんを見る。

「あー、俺が二人に伝えればいいの？」

そうだった。彼は生きている人なのだ。私たちの連絡先を両方憶えていられる、唯一の人。

「でも、二人とも忘れてたらどうするのよ」

キクさんは心配そうだ。

「二人とも説得しなきゃいけないのよ。秀晴が大変じゃない」

「あー、そうか……」

それは甘えすぎだろうか……。

「それに、憶えていない状態での二人は、何の関係もないただの他人になってしまうよ」

りょうさんが言う。

「介護職の人でもないし、どうしてそんな人に手伝ってもらったり、あてにしたりできるの？　特に隆一さんは人を頼りたくなくてあそこまで思いつめてしまったんだし。憶えていても拒否しかねない」

真面目《まじめ》で頑固な人だから、あるかもしれない。ここだと素直でも、現実になるとまた違うらしいし。

「なんで俺が二人の住所を知ってるのか訊かれると、説明に困るっていうのもあるよね。怪しまれるに決まってるよ」

「そうですよね……」

つばめに沈黙がおりる。

私は、うかつに約束をしてしまって後悔していた。約束したことではなく、ちゃんと守れるように考えなかったことに対して。数え切れないほど約束をやぶられたから、自分は絶対にやぶりたくなかったのに。

「わかりました」

ノエさんが静かに声を発した。

「このノートを持って、沙耶さんと一緒に行きます」

「……来れるんだ」

「行けますよ。わたしたちのことは、普通『幽霊』と呼ばれています。見えるのは、沙耶さんのように一度この街に来た人。もう一つは、死期が近い人」

「あとは俺みたいな特殊な人」

秀晴さんは、いわゆる〝視《み》える人〟なんだろうか？

「すべて忘れていても、このノートを読めば何が起こったのかはわかるでしょう」

「忘れてても思い出す？」

「それはわかりません。忘れた夢は、思い出せないものだったりするでしょう？　それに、現実に戻ったら気が変わるかもしれませんしね」

「そんなことないです！」

「別に気が変わってもいいと思うのよ」

キクさんの声は優しい。

「この街で起こったことを、むりやり現実の世界に反映させる必要はないの。生きていることだけで、充分なんだから」

私のような人間でも、そうなんだろうか——。それでも、

「なるべくなら憶えていたいです」

「それは生き返ってのお楽しみです」

ノエはにっこり笑う。

「ここに来ただけでも、幸運なんですもんね」

「そうですね」

私は、最初に目覚めた時にいた部屋に戻っていた。ノエさんと一緒に。

「ここでこう——こたつで寝てたんです」

「じゃあ、同じように寝転んで。自分の部屋を思い出して」

「あっ、その前に、ノートを最後まで書いちゃいます」

「どうぞ」

私がせっせと書いている間、ノエさんはこたつに入って、窓の外を見ていた。

「ノエさん」

「はい？」

「あたし、ちゃんと生き返れる？」

「それは大丈夫ですよ」

「ちゃんと憶えてられるかな？」

「それは保証できませんけど」

「もし忘れてたら、ごめんね」

ノエさんは、ただ美しく微笑むだけだった。


ここで終わりにしよう。

5

「これは……ほんとのことなの？」

「本当です」

自ら「幽霊」と告白したようなノエがうなずく。

「でも、何も思い出せなかったけど」

「それは仕方のないことです」

「あたし、この人のところに行かないといけないの？」

ノートの最後のページには、見知らぬ住所が書いてあった。確かに実家から遠いところだ。そして電話番号は、昨日スマホに表示されたもの。

「それは沙耶さんが決めればいいことです」

「これを読まされて『行かない』って選択肢はないと思うんだけど！」

「そうですか？」

「いえ……」

この隆一という男性には同情する。でも、この約束をしたのが自分とは、どうしても思えない。このノートの中の「私」と自分はとてもよく似ているが、彼女はあくまでも不思議な〝街〟に住んでいる別の人のようだった。

でも、ちょっとうらやましかった。彼女は、やろうと思うことが見つかったから。

あたしにはまだ、何もない。

ドンドン！

突然ドアが叩かれる。

「お姉ちゃん！　開けて！」

舞の声だ。まさか、両親を連れてきたの⁉

「見てきましょうか？」

ノエが立ち上がり、すーっとドアを通り抜けていった。おお、便利！

「舞さんだけでした」

すぐに戻ってくる。

「下に車とかないかな？」

「どんな車？」

「ベンツ」

「ベンツなら知ってます」

そう言って、また外に出ていった。

「お姉ちゃん！」

舞はまだ外で怒鳴っていた。近所迷惑だ。どうしよう……。

やきもきしながら待っていると、ようやくノエが戻ってくる。

「車を止められそうなところを見てきましたけど、ベンツはなかったです」

「じゃあ、開けよう」

沙耶がドアを開けると、舞がつんのめってきた。

「いるなら早く開けてよ！」

ぎゃーぎゃーわめく舞を部屋に入れようとしたが、

「外で話した方がよくないですか？」

とノエが言う。え、どうしよう。人に見られない方がいいのか、人目につくところの方がいいのか――。

「ちょっと、舞ちゃん！」

後ろからドスの利いた声がかかり、舞が振り向く。

「美苗！」

あわてて部屋から出ようとした舞の前に、美苗が立ちふさがる。

「待ちなさい。今朝から張ってたんだから。また絶対に来ると思って！」

美苗は舞の腕をがっちりつかんで離さない。

「痛い！　やめてよー！」

またまたわめいている。もうどっちにしろここには住めないのだろうか……。

「沙耶を家に戻そうとしても無駄よ！　この人は自分の意志で出てきたんだから！」

「そんなことできるわけないいってお母さんが言ってたもん！　お姉ちゃんは家にいるしかないって！」

ああ……やっぱり。ノエが指摘したとおりだった。あたしは、舞の言っていることを信じたかったのだ。

「ちょっと近所迷惑だから、外に出なさい！」

美苗が舞をアパートの廊下に引きずり出す。沙耶もあとを追った。

転がるように階段を降り、二人は駐車場で揉み合う。

「やめて！　怪我するよ！」

しかし、舞は錯乱したように腕を振り回し、美苗の髪をつかんだ。美苗の悲鳴があがる。

「舞、離して！　離しなさい！」

何を言っても、まったく聞こえていない。ネイルが沙耶の頬をかすって、血が吹き出た。

「沙耶さん！」

ノエは何もできずに、声をあげるだけだ。だって彼女は幽霊なんだから――。

その時、舞の腕がいきなり止まった。いつの間にか男性が舞の腕をつかんで動きを封じている。男性はもう一人いて、美苗を助け起こしていた。

「離してよ！」

舞は押さえつけられていても悲鳴のような声をあげ続けていた。いつまでも止まらないように思えて、どうしよう、どうしよう——！

沙耶は、舞の頬に平手打ちをした。

舞は一瞬ぽかんとした表情になったが、急に子供のように顔をくしゃくしゃにして涙をボロボロこぼし始めた。

「お姉ちゃんが、お姉ちゃんがぶったぁ……お父さんに、お母さんに言いつけてやるぅ……」

そうくり返しながら。

「もう……なんなの……」

地面にへたりこむと、美苗が駆け寄ってきた。

「ごめんね、大丈夫、沙耶」

「ううん、こっちこそ妹がごめん。美苗こそ大丈夫？」

「平気よ。髪をむしり取られるところだったけど」

いつもピシッとキャリアウーマン風に決めている美苗だったが、見るも無残な姿だ。

「あ、あの、ありがとうございました」

舞を押さえていてくれた人に、お礼を言う。二人とも見知らぬ人だ。

「怪我はありませんか？」

「大丈夫ですよ、沙耶さん」

え、なんであたしの名前を知ってるの？

「憶えてない？」

「すべて忘れてしまっているのよ」

ノエの声に、彼らは顔を向けた。聞こえてる？

「それは残念ですね。僕は全部憶えているのに」

「でも、ノートは読んでいます」

「そうですか」

沙耶に向き直る。

「大浪隆一です」

そう言って、彼は頭を下げた。

「柳井秀晴です」

美苗を助け起こしていた男性も、自己紹介をした。あ、この人は生きている人――。

そしてこっちは、生き返った人。

この状況をどう収拾つけたらいいのだろうか。

今度は沙耶が固まってしまった。ノートに書かれていた人が、また出てきた。そして、自分は何も思い出せない。

ある意味、約束をやぶることよりも悪いのでは、と思う。

「本当に憶えてませんか？」

「ごめんなさい……。憶えてないんです」

「謝らないでください。それでもいいんです。僕はお礼を言いに来たんだから」

「お礼？」

「僕を……ここに戻してくれたことへのお礼です」

「でもあたし……手伝うって約束……」

忘れてしまったけど、した約束が。

「それは気にしないで。君に言われたことを思い出して、いろいろやってみることにしたんです」

隆一は、疲れているようだったが、自然な笑みを浮かべた。

「母と腹を割って話してみたよ。今まで、母を守ることしか考えてなくて、母自身の気持ちを二の次にしていたことがやっとわかったんだ。自分の考えを押しつけていたこと、独断ばかりしていたことを、謝ったよ。

友だちにも連絡してみた。施設のつてがあるそうだ。家を売って、そこに入ることになりそう」

「お父さんの家なんでしょう……？」

「そうだけど、今は思い出があるから。忘れてしまった時の方が、つらかったよ」

「思い出があるって――」

やっぱりうらやましい。愛された記憶が、少しでもあれば、と沙耶は思う。

「君は、自分のために生きなさい。あの街で暮らしたことは、忘れてもいいことなんだから。そこでした約束も含めて。

あっ、でも友人のつもりではあるんだ。何かあったら頼ってほしい。こうやってまた会えたのも、あの街のおかげなんだし」

隆一は照れたようにそうつけ加えた。

新しい友人、と思うと、不思議に力が湧いた。うれしかった。彼が、知らない人ではなくなった。

新しい、友だち。そんな人が自分にできるなんて、昨日の沙耶は考えもしなかった。

隆一は、アスファルトの地面で丸まって泣いている舞に目をくれた。疲れきった美苗が、その脇に座りこんでいる。

「この人は、妹さん？」

「そうです……」

「どうしてこんなことになったの？」

沙耶が簡単に事情を説明すると、彼は舞の肩をぽんぽんと叩いた。顔を上げると、メイクは落ちているわ、まぶたは腫れているわ、鼻はすりむいているわですごいことになっていた。

「妹さん、きっとご両親には言っていないんですよ」

ノエが言った。それは沙耶も思っていた。知っていたら、とっくに押しかけている。

なぜ？

「舞さん、お姉さんを解放してあげてください」

今まで沙耶と隆一がしていた会話は耳に入っていなかったのか、突然の見知らぬ男性に舞は怯《ひる》んでいた。

「お姉さんはずいぶんと家族の犠牲になったって、君もわかってるよね」

でも、帰ってきてって言ってた……。

「そうじゃなければ、すぐに両親に言ってたでしょ？」

舞はしばらくうつむいて、鼻をすすっていた。

沈黙が長く続く。近所の人たちが遠くから見ている気配はあったが、沙耶たちは待った。

やがて舞は、つっかえつっかえ話しだす。

「お父さんとお母さん……お姉ちゃんがいなくなってからすごく怒りっぽくなって……あたしに当たるの。いつ怒鳴るかわからなくて、怖くて。だから、お姉ちゃんに帰ってきてほしいって思ったんだけど……」

そのあとは、うまく言葉にならないらしい。

「連れ戻されるのは、ひどいと思った？」

隆一に言われて、ためらいがちにうなずいた。

「だから、一人で来たんだ」

それには返事をしなかった。舞自身にも、自分のやっていることがよくわからないのだろう。

「お姉ちゃんがいないと……おうちの中が怖いの……ひどい状態なの。あたし、どうしたらいいの？」

「高校を卒業したら、逃げなさい」

沙耶はそう言った。

「あの家から抜け出せなくなる前に、逃げるんだよ」

「そんなこと……できないよ……」

「できるよ。あたしだってできたでしょう？」

逃げ切ってやる。沙耶はそう思っていた。

「できないよ、お姉ちゃん……」

「できないって思ったら、本当にできないよ」

ちょっと前のあたしだ。

「お姉ちゃん、あたしを一人にするの⁉」

「舞、そのままだったら、本当に一人になるよ。今ならまだ間に合うから」

そう言っても、舞はただ泣くだけだった。

「さ、舞ちゃん、送っていくよ」

美苗が舞を道路から起き上がらせた。

「美苗、ありがとう」

「連絡してね」

美苗が手を引っ張ると、子供のように舞はついていく。二人は軽自動車に乗りこみ、走り去っていった。

車の影が見えなくなってから、沙耶は隆一に向き直った。

「隆一さん、ご相談があるんですけど」

沙耶の言葉に、秀晴は目をパチクリしていたが、隆一はニヤリと笑った。

「なんでもどうぞ」

結局、隆一の田舎近辺の市に、沙耶は引っ越した。彼の母親も、そこにある施設に入っている。彼女の田舎の友だちも来やすく、自然もたくさんある暮らしやすい街だ。

隆一は、旧友のつてで再就職が決まり、隣町に住んでいる。母とも笑顔で会話ができるようになった。

沙耶は現在、専門学校に通って資格を取るために勉強中だ。運転免許も取った。車はまだ必要ないが、いつかはほしい。

舞からの連絡は、あれからなかった。自分の電話番号もメールアドレスも変えてしまったから当然だが。もちろん、両親からもない。美苗の情報によると、父親の会社はいよいよ危ないらしい。舞は無事に逃げ切れるだろうか。

実家の影に多少怯《おび》えてはいるが、一人の生活は概《おおむ》ね平穏だった。相変わらず少食だが、食べる楽しみがわかってきた気がする。最近、専門学校で友だちもできた。いろいろな年代の人が通っているのだ。少しずつ自分の世界が広がっていくのを、沙耶は感じていた。

最年長の友だちは、隆一の母親・染子《そめこ》だ。

ある日、彼女が「新聞で読んだから」とコピーをくれた。

「『沙耶』って名前の由来が書いてあったのよ」

「沙耶」の「沙」の字は、「小さいもの」という意味。「耶」の字は「なんと〜か」のような感嘆を表す助詞。

「小さな命に感嘆している様が見えるよう」と新聞の記事は締めくくられていた。

あたしの名前には、ちゃんと意味があったんだ。両親は、どんな気持ちでこの漢字を選び、名前を決めたんだろう。それを、愛された証《あかし》と思ってもいいのだろうか。

ほんの少し、胸が軽くなるのを感じた。

沙耶の字を見てノエが、

『いいお名前ですね』

と言った——と、あのノートには書いてあった。〝街〟での彼女は憶えていないけれど、前のアパートで一緒に過ごしたわずかな時間は忘れない。

ノエには、「沙耶」という名にこめられた気持ちがわかっていたんだろうか。たずねたくても、彼女はもういない。あの時も、いつの間にか消えていた。お礼も言えなかった。

いつか本当に死んだ時、彼女に——そして、祖母にも会えるのだろうか。

そしてあのノートを、もう一度読むことができるのだろうか——。

あとがき

お読みいただきありがとうございます。矢崎存美です。

『食堂つばめ』シリーズはあとがきを書いたり書かなかったりなのですが、今回はおまけもあります。最後までお楽しみください。


さて、サブタイトルの「食べ放題の街」なのですが、我ながら身も蓋もないタイトルだな、と思ったり。

食堂つばめのある〝街〟は、まさにそのとおりの街です。しかも、いくら食べてもお腹の負担にならないし、太らない。

食いしんぼにとっては、夢のような街ですね。夜中にお腹がすいた時など、よく妄想します。現実にはないのだし、あったとしても死ななきゃ行けないところなので、妄想で我慢するしかありません。

私自身、食べ放題が好きなものですから、途中でお腹いっぱいになった時も妄想します。

私は食いしんぼですけど、大食というほどではないんですよねー。だから、食べ放題に行っても、基本、元は取れない。なのに好きだから行く、ということをくり返しています。なんでそんなに食べ放題が好きなのかというと、「食べ放題だから」としか言えないなー。私が食べ物を描写する時に心がけることといえば、「たっぷりの分量」というところです。不必要に多くなくてもいいんだけど、小説的な表現として、お腹も心も満足できる食事にしたいのです。だって、見た目少ないって思うのって、なんだか淋《さび》しいのですよ。おしゃれな盛りつけももちろん大切なんだけどね。

食べ放題は、量的に調節できるし、バランスよく食べようと思えば食べられるし、好物ばかり選んでもかまわない。「好きに食べる」ことができるというポイントに惹《ひ》かれる食事なのです。それを毎回変えられる、という点でも。

ただ、好きに食べるにしても生身の人間には限度がある。でも小説の中では、それを気にする必要はありません。

まあ、食べることに限らず、小説の中でできることには限度がありません。頭の中で想像することすべてを表現できるか、あるいはできているかはわからないのですが、「好きに書く」ということだけはできているんじゃないかと思います。

――と、むりやり「小説と食べ放題は似ている！」と言いたかっただけなんですけど、どうなんですかね、似ていると思います？　頭の中のさまざまな食材を組み合わせて料理を作って、それをさまざまな形で盛りつけて読者の方々に供給する。毎度毎度食材も料理法も、盛りつける皿も変わるけど、とにかくみんなに「おいしい」と言ってもらえるかどうか、ドキドキして待っているのです。

読み終わった時に、心と身体がちょっとだけ温かくなればいいかな、と私自身は思うのですが。

食べ放題のことばかりになってしまった……。しかも、具体的なことは何一つ話してない。申し訳ない……。

ということで、いつもながらお世話になった方々、ありがとうございました。

最後まで読んでくださった方々のために、このあとおまけのショートショートがあります。ネタバレになると思いますので、本編を読んでからお楽しみくださいねー。

それでは、また会いましょう！

おまけのショートショート

帰ってきたよ

降りたことのない駅に降りるのは、以前はワクワクするだけだったが、今は少し怖い。

こんなところで自分の心境の変化を実感するとは思わなかった。

私は、少し寂れた駅前に降り立つ。駅の建物も駅前の設備も、なんとなく錆《さ》びたような色をしている。そろそろ建て直しとかを考えなくてはいけない時期だけど、先送りにしているような印象だ。

で、どうしたらいいのか？　無計画で来てしまったことに気づく。

とりあえず、誰かにたずねてみようか。

私は、駅前のコンビニに入ってみる。交番もあったけれど、誰もいなかった。

私より少し年上の女性店員さんに、メモしておいた名前をたずねると、首を傾《かし》げる。

「うーん、聞いたことないですねえ」

住居地図を出してくれるが、そのような名前は見当たらない、と言う。

奥から出てきた店長さんらしき年配の男性にも訊《き》いてみると、

「同じような名前の商店があったはずですけど――」

と教えてくれた。

「昔はそこら辺に同じ名字の家が多かったと思うんですよね」

「ありがとうございます」

「違ってたらすみません」

簡単な地図も描《か》いてくれた。それを頼りに歩き出す。

狭い道を車が行き交っている。人通りがあまりないから、私のような女子高生の姿は目立つかもしれない。でも、ここで私のことを知っている人は、多分誰もいないだろう。

地図に印のついた場所へ行くと、その商店はもうかなり昔に閉められたようで、看板だけが残っていた。コンビニの店長さんが言っていたように、周囲の家の表札を見ていると同じ名字がいくつかある。

でも、みんなに訊いて回るわけにもいかないし――と思っていると、腰の曲がったおばあさんがバッグつきの歩行器につかまってゆっくりと歩いてきた。

何気なく見ていると彼女は顔を上げ、私を見て驚いたような顔になる。二、三歩あとずさって倒れそうになったので、私は駆け寄った。

「大丈夫ですか？」

「平気よ、びっくりしただけ」

はあーっと大きなため息をついて、おばあさんは言った。

「ありがとう、ご親切に」

「いえ、いいんです」

「ご用事で来たの？」

そう言われると、どう返事したらいいのかわからない。

「そういうわけじゃないんですけど……あのー、ここら辺って同じ名字のおうちが多いんですね？」

むりやり話題を変える。

「そうね。これでも減った方だけど」

「そうなんですか？」

「うちももう娘の家族の代だから、違うのよ。わたしも嫁いできたから、元々違うし」

それでも充分多いように思う。

「どこかに行っていたんですか？」

またまた話題を変えたくて、私は言った。歩いている人が圧倒的に少ないのに、このおばあさんは歩いていたわけだし。

「ああ、お墓参りに行ってきたの。近いから散歩にちょうどいいしね」

おばあさんは、背後を振り返って指さした。

「ここら辺の家は、みんなあそこのお寺にお墓持ってるのよ。ほら、ピカピカの屋根が見えるでしょ?」

金色の玉ねぎみたいなものがついている屋根が木々の上から見えた。

「じゃあね、お嬢さん。さようなら」

おばあさんはまた歩き出した。はっとなって、私はたずねる。

「あの、どうしてあたしを見て、驚いたんですか?」

「ああ、昔知っていた人にそっくりだったから」

おばあさんはためらいなく教えてくれた。

「歳《とし》も同じくらいだったから、びっくりしたわー。本人かと思ったくらい。その人も似たようなコート着てたから」

「え、これ――」

母のお下がりなのだ。古いけどブランドもので、すごくいいものだ。

「でも、わたしが歳を取ったように、その人ももういいお歳だと思うから、他人の空似よね。その人、うちの近所に住んでたの。すごく大きなおうちのお嬢さんだったのよ。あなたみたいにかわいい子だったわ」

「今はどうしてるんですか?」

「さあ、どうしているのかしら。高校を卒業したら、家出してしまったって聞いたけど」

「帰ってこなかったんですか？」

「わたしが知ってる限りでは、子供は誰も帰ってこなかったみたいね。だから大きなおうちは、今はもう更地になってしまっているわ」


お寺は新築のようにきれいだった。いや、おばあさんの話では昔からあるって感じだったから、改築なのか。

境内《けいだい》に入るとすぐに霊園への道を見つけたが、とにかく広かった。私はひたすらウロウロと歩いた。人に見られたら思い切り不審者と思われただろうけど、誰とも行き合わなかった。

ようやく見つけた墓は、花こそなかったが、きれいに掃除がされていた。墓石には何人か名前が刻まれていたが、私の知った名前はない。

でも、墓石に刻まれているのは石井——母の旧姓で……多分これ、私の祖父母の墓だ。

数年前、まだ私は小学生だっただろうか。兄はその頃高校生で、母の舞と何やら相談というか、言い争いをしていた。

「俺、行った方がいいんじゃないの？」

「いいのよ、行かなくて。お母さんだけ行ってくるから」

「お父さんも行かないの?」

「お父さんも行かないよ。お兄ちゃんもみんなと留守番してて」

「一人でほんとに大丈夫なの？」

「お姉ちゃんがいるから」

お姉ちゃんって誰だろう？　自分のことかとその時は思ったのだが、家では誰も私をそんなふうには呼ばない。

母を送り出す時、私の隣に立った兄はこう言った。

「おばちゃんによろしく」

その時期と墓石に最後に刻まれた日付が近かった。

あれは多分、祖父か祖母の葬式に行くかどうか、という話を兄としていたのだ。

私はとりあえず墓に手を合わせた。本当に祖父母の墓かどうかは、寺の人にたずねればわかることなのかもしれないが、私は何もせず、霊園をあとにした。

確かめなくても合っているはず、となんとなく思っていた。

駅に着き、電車を待っている間、母から電話がかかってきた。

「今、どこにいるの？」

私は、ささやかな嘘《うそ》をついた。

「寝過ごして間違って降りたから、ちょっと周りをウロウロしてた」

名前を出した駅には、数日前に降りて下見をしていた。

「そうなの？　帰りが遅いから、心配したよ。まだ無理しないようにしなきゃ」

二ヶ月前、私は生死の境をさまよった。交差点で信号を待っていた時に、よそ見運転の車が突っ込んできたのだ。

一時は絶望的と言われたが、なぜか奇跡的に意識を回復し、現在は後遺症もなく元気だ。

その時、私は不思議な〝街〟に行った。

「ここは、生と死の間の街です」

と言う美しい女性が営む食堂がある街。私たちの住む街と、似ているようで似ていない街。

そこにあった駄菓子屋で、私は初めてもんじゃ焼きを食べながら、手が切れそうなくらい真新しいノートに記された長い文章を読んだ。

あれは、新しいノートじゃなかったんだな、と見当違いのことを思う。何十年たっても、古びなかっただけなのだ。

そこには、若い頃の母が記されていた。今の私と同じ高校生で、自分の姉を小間使いのように扱っていた。

今の母とのあまりの違いに、私は生き返ってからも、しばらく密《ひそ》かにショックを受けていた。忘れてしまえばよかったのに、〝街〟のことを全部憶《おぼ》えていたのだ。

母にはもちろん、父にも兄にも話せなかった。沈んだ私の様子に、みんなまだ具合が悪いとしか思っていなかったはずだ。

だが、一人でいろいろ考えているうちに、父や母、兄からの断片的な言葉を思い出し、つなげ始めた。父方の祖父母とは仲がいいが、母方の祖父母には会ったことがなかった。でも、言葉の端々に上る地名、駅名があること。母の旧姓と、実家が経営していたらしい会社の名前。母方の親戚づきあいはなかったが、謎の「おばちゃん」がいるらしいこと。それは兄が少しだけ知っていたらしいこと。

でも私は、それらのことを何一つ気にしていなかった。あの事故に遭うまで。

ノートによれば、祖父母は私の母と伯母《おば》にあたる姉を差別していたようだが、私と兄はそんなふうには育てられなかった。兄は小さい頃から秀才で、現在も国立大学の医学部に通っている。私は元気がとりえなだけの平凡な女の子だ。だが、比べられたことは一度もないし、兄とは大ゲンカもするけれど、大好きだ。

一度、父方の親戚の人が兄の大学合格を祝う席で、

「こんな優秀な者はうちの家系にはいない。いったい誰に似たんだ」

と酔ったはずみに言っていたことがあったが、母はその時、小声で、

「お姉ちゃんに似たんだよ」

と言っていた。

その時の「お姉ちゃん」は、数年前の「お姉ちゃん」と同じ人なのだ。私の会ったことのない伯母さん。おそらく、それが謎の「おばちゃん」。ノートによれば、「沙耶」という名前の人。

「早く帰ってきなさい。あんたの大好きな牛すじカレー作ったよ」

「わーい、やったー！」

電話を切ったとたんに、駅のアナウンスが響いた。これを聞かれたら、バレてしまっていたかもしれない。電話でよかった。もし私に、母のような嘘をつく時のクセがあったら、それでもバレていただろう。

母がおでこに手を当てながら何か言う時は、嘘なのだ。それは、私にもわかるくらいわかりやすいクセだった。私にもそんなクセがあるんだろうか。自分では気づいていないだけで、母はわかっているんだろうか。

でも、母が自分のために嘘をつくことはなかったし、可能な限りあとで謝ってくれた。

私にもいつも言っている。

「自分に嘘をついちゃダメだよ。それはいつか自分にはね返ってくるからね」

その言葉の意味を、母はちゃんと身をもってわかっていたのかもしれない。

帰りの電車に揺られながら、私は今まで抱いていたモヤモヤが晴れていくのを感じていた。

あのノートが記されてから、母に、そして伯母に何があったのかはわからない。伯母と自分が会ったことがないのは残念だったが、おそらく連絡は取っているのだろう。祖父母のお墓がきれいだったのは、二人でちゃんとしているからなんじゃないか、と思ったからだ。

いつか母が、話してくれることがあるんだろうか。伯母にも会って、ノートのことを話したら、どんな顔をするんだろう。

自宅近くの駅に着き、私はホームに降りた。電車のドアが閉まり、発車のチャイムが鳴る。

「あ」

走り去っていく電車の窓の中に、見憶えのある横顔を見た気がした。

『何か召し上がりませんか?』

優しい声が甦《よみがえ》る。その響きに母を思い出し、「帰りたい」と泣いた自分のことも。

「帰ってきたよ」

私は、薄暗い夕暮れの空に向かって、そう言った。

本書は、ハルキ文庫のための書き下ろし作品です。

Haruki Bunko
ハルキ文庫

や 10-5

食堂《しょくどう》つばめ❺ 食《た》べ放題《ほうだい》の街《まち》

著者 矢《や》崎《ざき》存《あり》美《み》

2015年5月18日第一刷発行

発行者 角川春樹

発行所 株式会社角川春樹事務所
〒102-0074 東京都千代田区九段南2-1-30 イタリア文化会館

電話 03(3263)5247(編集)
03(3263)5881(営業)

印刷・製本 中央精版印刷株式会社

フォーマット・デザイン 芦澤泰偉
表紙イラストレーション 門坂 流

ISBN978-4-7584-3902-2 C0193 ©2015 Arimi Yazaki Printed in Japan
http://www.kadokawaharuki.co.jp/[営業]
fanmail@kadokawaharuki.co.jp[編集] ご意見・ご感想をお寄せください。